조르주 페렉
Georges Perec

20세기 후반 프랑스 문학을 대표하는 작가이자 비평가, 영화제작자이다. 1936년 파리에서 태어났다. 부모님은 1920년대에 프랑스로 이주한 폴란드계 유대인으로, 제2차 세계대전에 참전했던 아버지가 1940년 전사한 데 이어 어머니는 1943년 아우슈비츠 강제수용소에 끌려가 목숨을 잃었다. 페렉은 고모에게 입양되어 자랐다.

1954년 소르본대학교에 입학해 역사와 사회학을 공부했지만 중도에 그만두었다. 대학 재학 시절 문학 잡지에 기사와 비평을 기고하면서 글쓰기를 시작했다. 1959년 군복무를 마친 뒤 파리에 있는 국립과학연구소 신경생리학 자료조사원으로 일하며 꾸준히 글을 썼다.

1965년 발표된 데뷔작 『사물들』은 출간 즉시 큰 성공을 거두며 같은 해 르노도상을 받았다. 1967년 페렉은 당시 전위 문학의 첨단에 섰던 실험 문학 그룹 울리포에 가입한다. 형식의 제약이 예술적 상상력을 자극하여 풍요로운 작품을 낳게 한다고 주장하는 울리포의 실험 정신은 페렉의 작품 세계에 지대한 영향을 미쳤다. 이후 페렉은 작품마다 새로운 형식의 글쓰기를 시도한다. 모음 e가 없는 단어로만 쓴 소설 『실종』(1969)이 대표적이다. 특히 1978년 메디치상을 수상한 『인생사용법』은 퍼즐을 둘러싼 인간의 승부와 지혜, 모략 등을 치밀하게 그려낸 걸작으로 손꼽힌다. 이 작품을 계기로 전업 작가의 길에 들어서지만, 1982년 45세의 이른 나이에 암으로 세상을 떠났다.

『잠자는 남자』(1967), 『공간의 종류들』(1974), 『W 또는 유년의 기억』(1975), 『나는 기억한다』(1978), 『어느 미술애호가의 방』(1979)을 비롯해 사후에 출간된 『생각하기/분류하기』(1985), 『겨울 여행』(1993) 등 40여 편의 작품을 남기며 독자적인 문학 세계를 구축한 페렉은 오늘날 프랑스 문학의 실험 정신을 대표하는 작가로 꼽힌다.

사물들

| 옮 긴 이 | 한국외국어대학교 프랑스어과를 졸업하고, 서울대학교에서 줄
| 김 명 숙 | 리앙 그락 연구로 문학 석사, 조르주 페렉 연구로 문학 박사 학위를 받았다. 이후 프랑스 정부 장학생으로 선발되어 파리 3대학에서 조르주 페렉, 파트릭 모디아노, 김승옥의 비교 연구로 비교문학 박사 학위를 받았다. 프랑스 라르마탕(L'Harmattan) 출판사에서 『상상과 도시 공간(Imaginaire et espaces urbains)』을 출간했다.

LES CHOSES: une histoire des années soixante

by Georges Perec

ⓒ Editions Julliard, Paris 1993, 1997

Korean translation copyright ⓒ Woongjin Think Big Co., Ltd. 2024

This Korean edition is published by arrangement with Editions Robert Laffont through Sibylle Books Literary Agency, Seoul.

이 책의 한국어판 저작권은 시빌 에이전시를 통해 Robert Laffont 사와 독점 계약한 ㈜웅진씽크빅에 있습니다. 저작권법에 따라 보호받는 저작물이므로 무단 전재와 무단 복제를 금지하며, 이 책 내용의 전부 또는 일부를 이용하려면 반드시 저작권자와 ㈜웅진씽크빅의 서면 동의를 받아야 합니다.

les choses
Georges Perec

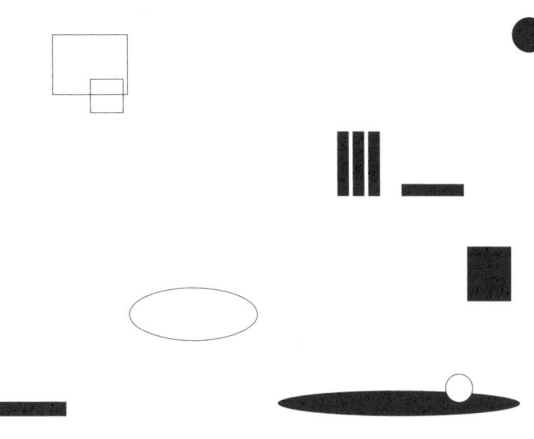

사물들
60년대 이야기

조르주 페렉 | 김명숙 옮김

— **일러두기**
- 각주는 모두 옮긴이 주이다.
- 단행본은 『』, 신문과 잡지는 《》, 영화와 공연, 음악 등의 작품 제목은 「」로 표기했다.

드니 뷔파르에게

차례

● **1부** — 11

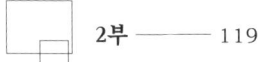 **2부** —— 119

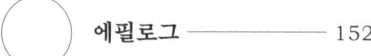 에필로그 —————— 152

■ **작품 해설** —— 163

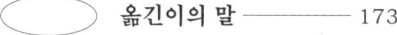 옮긴이의 말 ————— 173

문명이 우리에게 제공한 혜택은 셀 수 없고, 과학의 발명과 발견이 가져온 생산력으로 얻게 된 온갖 풍요로움은 비할 데 없다. 더 행복하고, 더 자유롭고, 더 완벽하고자 인간이 만든 경이로운 창작품들은 가히 상상할 수 없을 정도이다. 하지만, 그 어느 때보다 수정처럼 맑게 끊임없이 솟아오르는 새로운 삶이라는 샘은 고통스럽고 비루한 노동에 시달리며 이를 좇는 사람들의 목마른 입술에는 여전히 아득히 멀다.

_맬컴 라우리

1부

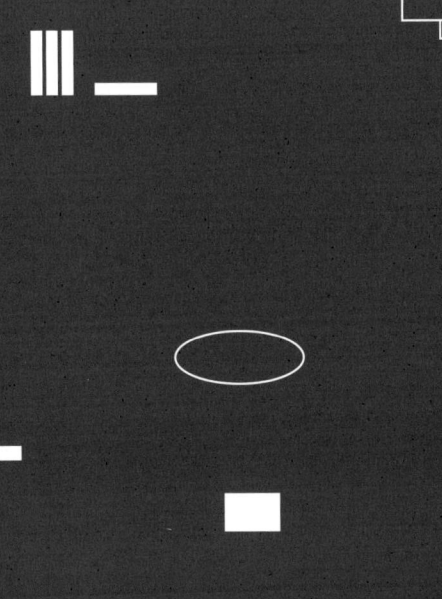

1

먼저, 높고 좁게 난 긴 복도를 따라 깔린 잿빛 카펫이 눈에 들어올 것이다. 밝은색 패널을 이어 만든 벽에 구릿빛 꺾쇠가 반짝일 것이다. 벽에는 엡섬[1]의 우승마 선더버드, 외륜선 빌드몽트로호와 스티븐슨의 증기기관차를 찍어낸 판화 세 점이 줄지어 걸려 있고, 뒤이어 결이 훤히 드러난 짙은 색 굵은 나무 고리가 달린 가죽 걸개가 조금만 건드려도 떨어질 듯 아슬아슬하게 걸려 있을 것이다. 이쯤에서 복도에 깔린 카펫 대신 노란색에 가까운 마루가 나타나고, 그 위로 빛바랜 양탄자 세 장이 군데군데 깔린 것이 보일 것이다.

---

1 영국 남부 서리주의 도시. 매년 6월에 열리는 경마 대회로 유명하다.

너비가 3미터, 길이가 7미터 됨 직한 거실이 나타난다. 왼쪽으로 알코브[2]처럼 보이는 곳에 낡은 검정 가죽 소파가 들어앉아 있고, 양옆으로 책들이 어지러이 쌓여 있는 밝은 빛깔의 자작나무 책장이 자리해 있을 것이다. 소파 위로 고해도(古海圖)가 한쪽 벽을 온통 차지하고 있을 것이다. 낮고 작은 테이블 너머에 비단 기도 걸개가 가죽 걸개와 쌍을 이루어 굵은 못 세 개로 벽에 걸려 있고, 그 아래 검정 소파와 각을 이룬 밝은 밤색 벨벳 소파를 따라가다 보면, 검붉은색으로 니스 칠한 다리가 미끈한 작은 3단 장식장이 나타날 것이다. 그 안에 든 마노, 석란, 코담뱃갑, 사탕 상자, 비취 재떨이, 진주조개 껍데기, 은 회중시계, 장식 유리잔, 크리스털 피라미드, 타원형 세밀화 액자 같은 자잘한 장식품들이 보일 것이다. 조금 멀찍이 방음이 되도록 쿠션을 댄 문을 지나면 구석의 선반 위에 상자들과 음반들이 놓여 있고 그 옆에 매듭 모양의 금속 버튼이 네 개 달린 닫아놓은 전축 위로 「카루젤 축제의 대행진」 판화가 걸려 있을 것이다. 흰색과 갈색이 어우러진 크레통 사라사풍 커튼 사이로 창문 밖 나무 몇 그루와 아담한 공원, 막다른 길이 보일 것

---

2 서양식 건축에서, 벽의 한 부분을 들어가게 해 침대나 의자를 들여놓는 부분.

이다. 작은 등나무 의자가 딸린 고풍스러운 책상에는 종이와 필통 들이 어지러이 널려 있을 것이다. 아테네 여신 모양의 받침대에 전화기, 가죽 수첩, 메모 용지가 놓여 있을 것이다. 또 다른 문 너머에, 낮고 각진 회전식 책장 위로 흐드러지게 핀 노란 장미가 커다란 파란색 장식 화병에 꽂혀 있을 것이다. 그 위에 걸린 기다란 마호가니 거울을 지나 타탄체크 무늬 긴 의자 두 개가 딸린 작은 테이블에 이르면, 아까의 가죽 걸개가 다시 보일 것이다.

온통 갈색, 황갈색, 적갈색, 노란색이다. 공들여 배합한 색조로 고풍스러운 분위기를 풍기는 이곳에서 쿠션의 생생한 오렌지빛이나 장정한 책들 사이로 얼룩덜룩한 책 몇 권이 밝은 점처럼 도드라질 것이다. 너울지며 들어오는 한낮의 햇빛 아래 장미꽃 화병이 놓여 있어도 거실은 조금 침울해 보일지 모른다. 이 방은 저녁에 더 어울리는 공간일 것이다. 겨울이면, 젖힌 커튼 사이로 몇 줄기 빛이 스며들어 책장 구석이라든가 음반꽂이, 책상, 소파 테이블, 거울에 어린 희미한 모습들이 보일 것이다. 길이 잘 든 나무, 묵직한 느낌을 주는 화려한 비단, 크리스털 조각, 부드러운 가죽, 모든 사물이 빛을 발하는, 사방이 어둠에 잠긴 이 방은 분명 평화의 항구이자 행복의 땅일 것이다.

첫 번째 문은 마룻바닥에 밝은색 양탄자가 깔린 침실로 나 있을 것이다. 커다란 영국식 침대가 방을 차지하고 있을 것이다. 오른편에는 창문 양옆으로 폭이 좁고 높은 두 단짜리 선반에 아무리 읽어도 질리지 않는 책 몇 권과 앨범, 카드, 작은 화분, 목걸이 같은 잡동사니가 놓여 있을 것이다. 왼편으로는 오래된 참나무 옷장, 나무와 동(銅)으로 만든 옷걸이 두 개가 세련된 줄무늬 짜임의 회색 실크로 싼 낮은 안락의자와 화장대를 마주하고 있을 것이다. 침실에 딸린 욕실의 살짝 열린 문틈으로 두꺼운 목욕 가운, 백조 모양으로 구부러진 동 수도꼭지, 커다란 회전 거울, 영국제 면도기 한 쌍과 녹색 가죽 케이스, 갖가지 작은 병, 뿔 자루가 달린 빗, 목욕 스펀지가 보일 것이다. 침실 벽에는 인도 사라사 벽지가 발려 있고, 침대에는 스코틀랜드 양모 담요가 깔려 있을 것이다. 세공 무늬를 넣은 침대맡 탁자 위에는 옅은 회색 실크 갓이 달린 은촛대, 네모난 작은 추시계와 함께 장미 한 송이가 유리병에 꽂혀 있고, 탁자 아래 받침에는 신문들과 잡지 몇 권이 놓여 있을 것이다. 조금 떨어진 침대 발치로 묵직한 가죽 풋스툴이 자리하고 있을 것이다. 창문에는 구리 커튼 봉에서 반투명 커튼이 미끄러지듯이 흘러내리고, 두꺼운 회색 양모로 된 이중 커튼이 반쯤 쳐져 있을 것이다. 어슴푸레한 빛 가운데서도 방은 환할 것이다. 정리가 잘된 침대의 머리맡 벽에 알자스풍 작은 벽 램프 사이로 폭이 좁고 기다란 흑백사진이 걸려 있을 것이다. 창공으로 비상하는 새의 사진은 판으로 찍어낸 듯 완벽해서 선뜩할지도 모른다.

두 번째 문은 서재로 나 있을 것이다. 위에서 아래까지 책과 잡지로 도배를 한 것 같은 사방 벽에는 장정한 책들과 가제본한 책들의 단조로움을 깨기라도 하듯 여기저기 판화, 데생, 사진 들이 선반의 붙박이 나무 게시판에 붙어 있을 것이다. 그중에는 안토넬로 다 메시나의 「성(聖) 제롬」, 「성 조지의 승리」의 부분화, 피라네시의 감옥 판화, 앵그르의 초상화, 클레가 그린 풍경화 소품, 콜레주 드 프랑스³ 연구실에서 찍은 르낭의 갈색 사진, 스타인버그가 그린 백화점 삽화, 크라나흐가 그린 「멜란히톤」⁴도 있다. 창문 왼쪽으로 약간 비스듬히 놓인 로렌풍의 기다란 테이블 위에는 커다란 붉은색 압지가 깔려 있을 것이다. 넓적한 나무 그릇,

---

3 프랑스의 국립 고등교육 및 연구 기관.
4 독일의 신학자이자 종교개혁가.

긴 필통, 갖가지 통에 펜, 클립, 스테이플러 심, 종이 끼우개들이 담겨 있을 것이다. 유리 케이스가 재떨이 대용으로 쓰일 것이다. 고급스러운 금장식이 달린 아라비아풍의 둥근 검정 가죽 케이스에는 담배가 가득 들어 있을 것이다. 방향을 돌리기가 쉽지 않을 것 같은 챙 모양의 초록빛 반투명 유리 갓이 달린 낡은 램프에서 빛이 새어 나오고 있을 것이다. 테이블 양옆으로 등받이가 높은 가죽 안락의자 두 개가 마주 보고 있을 것이다. 벽을 따라 왼쪽으로 조금 더 가다 보면 작은 테이블에 금방이라도 쏟아질 듯 수많은 책이 아무렇게나 쌓여 있을 것이다. 짙은 녹색 가죽 안락의자를 향해 회색 철제 정리함과 밝은색 목제 서류함이 놓여 있을 것이다. 방금 지나친 테이블보다 더 작은 테이블에 스웨덴제 램프와 방수포 덮개가 씌운 타자기가 놓여 있을 것이다. 구석에는 좁은 파란색 벨벳 침대에 갖가지 색깔의 쿠션이 놓여 있을 것이다. 방 중앙에 놓인 삼각 원목 탁자 위에는 양은과 두꺼운 종이로 만든, 오래되어 보이도록 서툴게 꾸민 지구본이 놓여 있을 것이다. 책상 뒤로는 붉은 커튼에 반쯤 가려진 칠이 잘된 서재용 나무 사다리가 레일을 따라 방을 한 바퀴 돌 수 있게 되어 있을 것이다.

이곳에서의 삶은 편하고 간단할 것이다. 사는 데 필요한 모든 성가신 의무와 문제가 자연스레 풀릴 것이다. 아침이면 일하는 사람이 올 것이다. 보름마다 포도주, 올리브유, 설탕이 배달될 것이다. 문장(紋章)이 찍힌 파란 타일이 깔린 널찍하고 환한 부엌에는 황금빛 아라베스크풍 자기 접시들이 반짝이고, 사방에는 붙박이 찬장들이 있고 중앙에는 근사한 흰색 나무 식탁, 등받이 없는 의자, 긴 의자가 놓여 있을 것이다. 아침마다 샤워를 끝내고 옷을 대충 걸친 채 이곳에 와서 앉는 일은 기분 좋은 일일 것이다. 식탁에는 도기로 된 커다란 버터 그릇, 마멀레이드 단지, 꿀단지, 토스트, 반으로 자른 자몽이 놓일 것이다. 이른 아침, 5월의 긴 하루를 여는 시작일 것이다.

그들은 우편물을 뜯어보고 신문을 펼칠 것이다. 첫 담배에 불을 붙일 것이다. 나갈 것이다. 아침 일은 고작 몇 시간이면 끝날 것이다. 그들은 점심때 만나 마음 내키는 대로 샌드위치나 그릴 요리를 들 것이다. 테라스에 앉아 커피를 마시고 느린 걸음으로 집으로 돌아올 것이다.

집은 정돈되는 일이 거의 없지만, 오히려 제멋대로인 모습이 더 매력적으로 보일 것이다. 그들은 개의치 않을 것이다. 살아가는 모습이니까. 그들은 이 같은 안락함을 당연한 것, 애초에 있었던 것, 자신들의 천성처럼 여길 것이다. 그들의 관심은 다른 곳에 있을 것이다. 펼쳐 보는 책, 쓰고 있는 글, 듣는 음반, 매일 나누는 대화에 신경을 쓸 것이다. 그들은 오래 일한 후, 저녁을 들거나 아니면 외식을 하러 나갈 것이다. 친구들을 만나고, 함께 산책할 것이다.

책으로 둘러싸인 벽들 사이에서, 오로지 그들만을 위해서 만들어진 것은 아닌가 하는 착각이 들 정도로 완벽하게 조화를 이룬 사물들에 둘러싸여, 멋지고 단순하며 감미롭게 빛나는 사물들 사이에서, 삶이 언제까지나 조화롭게 흘러가리라 생각할 것이다. 그렇지만 삶에 얽매이지는 않을 것이다. 홀연히 모험을 찾아 나서기도 할 것이다. 어떤 계획도 불가능하지 않을 것이다. 그들은 원한이나 쓰라림, 질투를 맛보지 않을 것이다. 그들의 소유와 욕망은 언제나 모든 지점에서 일치를 이룰 것이기 때문이다. 그들은 이 균형을 행복이라 부를 것이고, 얽매이지 않으면서 현명하고 고상하게 행복을 지키고, 그들이 나누는 삶의 매 순간 이를 발견할 줄 알 것이다.

2

　그들은 부자가 되고 싶었다. 자신들이 부자일 줄 안다고 믿었다. 그들은 부유한 사람들처럼 옷을 입고, 바라보고, 웃을 줄 알았을 것이다. 그들은 요령과 그에 필요한 신중함도 가졌을 것이다. 자신의 부를 잊고 과시하지 않을 줄도 알았을 것이다. 으스대지도 않았을 것이다. 풍요로움을 호흡했을 것이다. 그들의 즐거움은 강렬했을 것이다. 걷기를 좋아하고, 빈둥거리고, 고르며 음미하기를 즐겼을 것이다. 삶을 누렸을 것이다. 삶은 하나의 예술이었을 것이다.

　반대로, 상황은 쉽지 않았다. 가난하지만 않을 뿐 부(富)를 갈망하는 가진 것 없는 젊은 커플에게 이보다 더 곤란한 상황은 없을 듯했다. 그들은 수준에 맞는 정도로만 갖고 있었다. 이미 공간과 빛, 고요함을 꿈꾸게 되었는데, 일자리를 잃은 그들이 맞닥뜨린 현실은 파산까지는 아니라도 최악의 상황일 만큼 궁핍한 것이었다. 비좁은 아파트, 날마다 똑같은 식사, 궁색한 휴가로 만족해야 했다. 그들의 경제 상황이나 사회적 지위에 걸맞은 것이었다. 이것이 그들의 현실이고 달리 기대할 게 없었다. 하지만 바로 곁 주변에, 늘 걸어다니는 거리를 따라 죽 늘어선 골동품 가게, 식료품점, 지물포에는 매력적이지만 손에 넣을 수 없는 물건들이 가득했다. 팔레루아얄에서 생제르맹, 샹드마르스에서 에투알, 뤽상부르에서 몽파르나스, 생루이섬에서 마레, 테른에서 오페라, 마들렌에서 몽소 공원까지, 파리 전체가 그들에게는 영원한 유혹이었다. 이대로 영원히 취기 어린 상태로 그 유혹에 자신들을 내맡기고 싶은 강렬한 욕망에 빠져들고는 했다. 하지만 욕망의 끝은 냉혹하게 꽉 막혀 있었다. 커져만 가는 불가능한 꿈은 상상에서나 가능한 일이었다.

그들은 정원에 면한 천장이 낮은, 작고 아담한 아파트에 살고 있었다. 어두침침하고 좁고 냄새에 찌든 데다가 후끈거리는 복도에 있던 코딱지만 한 옛집을 떠올리면, 새소리로 매일 아침을 시작하는 지금이 처음에는 황홀할 정도로 행복했다. 창을 열고 한참 동안 행복에 겨워 정원을 바라보고는 했다. 내려앉을 정도는 아니지만 낡은 집은 곳곳에 금이 가 있고 허름했다. 복도와 계단은 좁고 더러웠으며 습기가 올라오고 기름 연기가 배어 있었다. 하지만, 거의 손질이 되어 있지 않긴 해도 좀처럼 보기 어려운 풀들이 무성하고, 화분들과 풀숲, 소박한 조각상까지 갖춘 모양이 제각각인 아담한 정원 다섯 개와 아름드리나무들 사이로 난 다양한 모양의 큼직한 돌들이 깔린 산책로는 마치 시골에 온 듯한 느낌을 주었다. 어느 가을날, 비라도 내리고 나면 땅으로부터 올라오는 낙엽 냄새, 두엄, 진한 숲의 향기를 맡을 수 있는 파리의 몇 안 되는 곳이었다.

이 매력은 결코 질리는 법이 없어서 늘 처음처럼 새롭게 음미하고는 했지만, 몇 달 동안 무사태평하게 즐거움을 누리고 나자 집의 결점이 하나둘씩 눈에 띄기 시작했다. 남루한 방에서 잠만 자고, 일어나면 늘 카페에 나가 시간을 보내는 그들이기에 자고 먹고 읽고 수다 떨고 씻는 매일의 기본적인 활동에 각각의 공간이 필요하다는 것을 알아차리는 데는 한참이 걸렸다. 하지만 사실을 깨닫자마자 그 명백한 부재를 참을 수 없었다. 좋은 동네라는 것, 무프타르가나 자르댕데플랑트가가 지척에 있고 주위가 조용하다는 것, 그들에게만 있는 낮은 천장의 매력, 자태가 멋진 나무들, 사계절 내내 감상할 수 있는 정원을 떠올리며 최대한 위안을 삼으려 노력했다. 하지만 안으로 들어오면 한데 뒤죽박죽 섞인 물건들, 가구, 책, 접시, 잡다한 서류, 빈 병 틈에서 모든 것이 무너져 내리기 시작했다. 이렇게 시작된 소모전에서 결코 그들은 승자로 빠져나오지 못할 것만 같았다.

그 크기를 확인할 엄두도 내지 않던 35제곱미터의 아파트는 조그만 현관과 절반은 세면실이 차지하는 턱없이 비좁은 부엌, 작은 침실, 그리고 서재이자 거실이며 작업실, 손님방인, 모든 것을 해결해야 하는 방, 뭐라 딱히 이름 붙이지 못할 구석으로 이루어져 있었다. 골방과 복도의 중간쯤 되는 이곳에 작은 냉장고, 전기 온수기, 임시로 만든 옷걸이, 식탁, 의자로도 쓰이는 세탁물 함이 놓여 있었다.

어떤 날에는 비좁은 공간을 도저히 참을 수 없었다. 숨이 막힐 것만 같았다. 두 방을 넓히고, 벽을 부수고 복도와 벽장을 들쑤시고 물건들을 들어내고 드레스룸 모양을 그려보고 옆집을 터서 연결해볼까 생각도 해봤지만 허사였다. 번번이 이제는 그들의 운명이 되어버린 원래의 35제곱미터로 되돌아오고 말았다.

합리적인 인테리어는 분명 가능했다. 패널 벽을 들어내 죽은 공간이 되어버린 널찍한 구석을 시원하게 넓히고, 지나치게 큰 가구를 적당한 크기로 교체하고 다닥다닥 붙은 벽장을 뜯어낼 수도 있었다. 조금만 칠을 새로 하고 묵은 때를 벗겨내고 공들여 잘 정돈하면 아파트는 몰라보게 멋져질 수 있었다. 창에는 붉은색과 녹색으로 된 커튼이 드리워져 있고, 멋들어진 복사판 해도 아래 한쪽 벽 길이만큼 기다란 벼룩시장에서 산 흔들거리는 오크 테이블이 놓여 있었다. 군데군데 이가 빠지긴 했지만, 청동으로 테두리를 두른 제2제정 시대에 만든 작은 마호가니 책상도 있었다. 책상을 나누어 왼쪽은 실비, 오른쪽은 제롬이 썼다. 붉은색 압지를 깔고 유리 케이스와 연필꽂이는 함께 썼다. 이것 말고도 구식 주석 상감 유리 램프라든가 휴지통으로 쓰는 10리터들이 합판 곡물통, 모양이 각각인 안락의자 두 개, 짚으로 짠 의자, 투박한 스툴이 있었다. 그들만의 재기 넘치는 분위기로 가득한, 깨끗하게 정돈된 집에서 따뜻한 우정, 함께 살아가며 일하는 화기애애한 분위기를 느낄 수도 있었다.

하지만 공사를 한다는 상상만으로도 그들은 기겁할 노릇이었다. 돈을 빌리고 허리띠를 졸라매고 돈을 투자해야 했다. 순순히 받아들일 수 없었다. 마음이 내키지 않았다. 그들은 완벽하지 않다면 차라리 아무것도 안 하는 쪽을 택

했다. 오크 책장이 아니면 아예 아무것도 들이지 않을 작정이었다. 책장은 없었다. 책들은 책장 용도로 전혀 걸맞지 않은 벽장 안 2단짜리 시렁 위에, 그리고 지저분한 2단 나무 선반 위에 되는대로 쌓여 있었다. 플러그가 3년 동안 고장난 상태였지만 전기기술자를 부를 생각도 하지 않고 사방 벽에 아무렇게나 꼬인 전선과 보기 흉한 연결 코드가 보이도록 내버려두었다. 커튼 끈을 바꾸는 데만 6개월이 걸렸다. 일상의 아무리 하찮은 고장이라도 24시간 안에 집 안을 어수선하게 했기 때문에 아무리 가까이에 보기 좋은 나무와 정원이 있어도 이 상태가 더 참을 수 없게 느껴졌다.

임시방편인 상태가 현재를 완전히 지배했다. 기적만 바랄 뿐이었다. 건축가, 인테리어업자, 미장공, 배관공, 카펫업자, 페인트공을 부른 다음 자신들은 유람선 여행을 떠날 수도 있을 것이다. 돌아와서는 완전히 새롭게 정돈되고 변신한 아파트, 믿을 수 없을 만큼 넓어져 이상적으로 변신한 아파트, 꼼꼼하게 신경 쓴 구석구석, 접이식 칸막이, 미닫이문, 눈에 띄지 않게 제작된 효율 좋은 난방 기구, 감쪽같이 감춰진 전기 시설, 고급스러운 가구들을 발견할 수도 있을 것이다.

하지만, 이상하리만치 달콤하게 빠져드는 부푼 몽상과

달리 실제로 그들은 아무 행동도 하지 않았다. 그 사이에 객관적 필요와 재정 상태의 절충을 꾀한 어떤 이성적 계획도 끼어들지 못했다. 무한한 욕망만이 그들을 압도했다.

 그들에게는 단순함과 냉철함이 부족했다. 그들을 가장 심각하게 괴롭히는 것은 여유가 없다는 것이었다. 객관적으로 봤을 때, 물질적인 여유가 아니라 일종의 자유, 기분 전환이 부족했다. 그들은 쉽게 흥분하고 발끈했으며 갈망이 지나쳐 질투심에 불탔다. 부자가 되고 싶고, 더 부자가 되고 싶은 집착은 대개 사소한 물건에 지나치게 열을 올리는 행위로 드러났다. 친구들과 어울려 멋진 파이프라든가 낮은 테이블에 대해 장광설을 늘어놓는가 하면, 그것들을 예술품이나 박물관 전시물 반열에 올려놓곤 했다. 그들은 가방에 푹 빠지기도 했다. 대개 이런 가방들은 아주 멋들어지게 말쑥하고 약간 오톨도톨한 검은 가죽으로 만든 것으로 마들렌가의 상점 진열대에서 볼 수 있었다. 그들은 마치 그 가방이 뉴욕이나 런던으로 향하는 여행의 모든 즐거움을 대변해주기라도 할 것처럼 굴었다. 흠 잡을 데 없다고 소문난 안락의자를 보러 파리를 돌아다니는 수고를 아끼지 않았다. 심지어 클래식한 취향 때문에 새 옷 입기를 주저하기도 했는데, 그 옷이 비쌀수록 태를 제대로 내리고 세 번 정도 입어 길을 들일 정도였다. 하지만 양복점이나 모자 가게, 구두 가게 진열대 앞에 서서 신성한 것을 논하기라도 하는 듯한 몸짓을 해가며 떠들어대는 그들은 우스꽝스럽고 유치해 보이기 짝이 없을 때가 많았다.

아마도 자라온 환경에 영향을 받은 탓일 것이다. 그들뿐 아니라 그들의 친구, 동료, 그들이 몸담은 세상이 전부 그러했다. 그들은 단번에 너무 탐욕스러워진 것이리라. 그들은 지나치게 빨리 가고자 했다. 세상의 물건이란 물건은 모두 그들의 것이어야 했고, 소유의 기호들을 계속 늘려야 했다. 그들은 추구해야만 했다. 차츰 부자가 될 수는 있었다. 하지만 처음부터 부자였던 것처럼 살 수는 없었다. 그들은 안락한 가운데 미를 추구하며 살고 싶었다. 그들은 목청을 높이며 감탄하곤 했는데, 이것이 바로 부자가 아니라는 제일 확실한 증거였다. 몸에 배서 너무나 당연한 것, 몸의 행복에 따르기 마련인, 드러나지 않고 내재하는 진정한 즐거움이 그들에게는 부족했다. 그들의 즐거움은 머리로만 느끼는 것이었다. 그들이 사치라 부르는 것은 지나칠 정도로 돈을 전제한 것이었다. 그들은 부(富)의 기호에 쓰러질 지경이었다. 그들은 삶을 사랑하기에 앞서 부를 사랑했다.

학생 세계를 떠나 처음으로 발을 들인 고급 상점을 약속의 땅인 양 여기게 된 것은 그들이 새로운 세상에 눈떴음을 의미했다. 여전히 수시로 오락가락하는 취향에다가 좀스럽게 구는 소심증, 경험 부족, 그리고 고상한 취향이라 못 박아놓고 다른 데는 눈도 돌리지 않는 주변머리 탓에 분위기를 망치는가 하면 굴욕을 맛보기도 했다. 한때 제롬과 친구들이 똑같이 차려입던 옷차림은 영국식 멋쟁이가 아니라 넉넉지 않은 월급을 받는 갓 이민 온 이민자들에게서나 볼 수 있는 전형적인 유럽 스타일이었다. 언젠가 처음으로 영국제 구두를 샀을 때, 제롬은 구두 중앙에 자잘한 주름이 잡히도록 오랫동안 손으로 조심스럽게 눌러 문지른 다음, 양모 천에 질 좋은 구두약을 살짝 묻혀 닦아 윤을 낸 뒤 햇볕에 두어 자연스레 색이 바래도록 했다. 하지만 어쩌겠는가, 고집스럽게 신기를 외면하던 단단한 고무 깔창이 달린 질긴 가죽 신발 외에 그가 가진 단 하나의 신발이었던 이 구두는 불과 7개월도 안 가 험한 길을 마구 걸어 다니는 제롬의 발 아래서 완전히 못 쓰게 돼버렸으니.

　나이 들어감에 따라 경험이 쌓이면서 그들도 과한 열기를 어느 정도 잠재울 줄 알게 되었다. 기다리는 법도, 적응

해가는 법도 배웠다. 취향은 더 확실하고 균형 잡힌 방향으로 서서히 자리 잡혀갔다. 욕망은 성숙의 시간을 갖게 되었다. 탐욕은 분노의 성격을 점차 벗었다. 파리 뒷골목을 산책하면서 골동품 가게 앞에 발을 멈춰도 이제는 도자기 세트나 성당 의자, 불룩한 유리 항아리, 구리 샹들리에에 탐닉하지 않았다. 그들이 이상형으로 삼은 집이라든가 완벽한 안락함, 행복한 삶에 대해 간직하고 있는 상(像)에는 여전히 유치하고 자기 만족적인 부분이 많았다. 그들은 당시 유행이 칭송하는 물건에 열을 올렸다. 그들이 좋아하는 에피날 지방의 모사본, 영국식 판화, 마노, 유리 섬유, 새롭게 디자인한 원시풍의 자잘한 물건들, 과학적 발명품 같아 보이는 가전제품들은 자코브가나 비스콘티가에 들어서기만 하면 어느 진열대에서든 발견할 수 있었다. 여전히 이것들이 갖고 싶었다. 그들은 유행의 첨단을 걸으면서, 심미안으로 정평이 나고 싶은 당장의 욕구를 충족할 수도 있었을 것이다. 하지만 이런 식의 지나친 흉내 내기는 점차 시들해져갔다. 자신들이 삶에 대해 품었던 공격적이고 요란하며 종종 유치하기까지 하던 추구에서 서서히 벗어나게 되면서 느긋해졌다. 애지중지하던 요술 거울, 나무 작업대, 형편없는 소형 모빌, 방사계, 형형색색의 돌멩이들, 마티유식의 사인이 들어간 황마(黃麻) 화판 같은 것들을 불태워버렸다. 점점 자신들의 욕망을 제어하게 되는 듯했다. 자신들이 무엇을 원하는지 알고 있었다. 그들의 생각은 분명했다. 자신들이 바라는 행복과 자유가 무엇인지 알았다.

하지만, 그들은 어긋나 있었다. 그들은 자기 자신을 잃어가고 있었다. 이미 돌아설 수도 없고, 끝도 알 수 없는 길에 들어서 끌려다닌다고 느끼기 시작했다. 두려움이 밀려왔다. 하지만 대개는 조바심을 낼 뿐이었다. 자신들은 준비된 것 같았다. 자신들은 채비가 되어 있었다. 그들은 삶을 기다렸다. 그들은 돈을 기다렸다.

3

 제롬은 스물넷, 실비는 스물둘이었다. 둘 다 사회심리 조사원이었다. 딱히 직업이라고도 전문 분야라고도 할 수 없는 이 일은 여러 주제를 놓고 다양한 방법으로 사람들을 인터뷰하는 것이었다. 신경을 온통 집중해야 하는 까다로운 일이었지만, 재미가 없지는 않았고 비교적 보수가 괜찮은 편인 데다가 무시할 수 없을 만큼 자유 시간을 누릴 수 있었다.

 대부분의 동료들처럼 제롬과 실비도 선택이 아닌 필요에 의해 사회심리 조사원이 되었다. 제멋대로 흐르게 놔둔 시큰둥한 성향이 어디로 자신들을 이끌지 알지 못했다. 시간이 그들을 대신해 선택해주었다. 물론, 그들도 다른 사람과 마찬가지로 무엇인가에 온전히 자신을 바치고 싶었을 것이다. 흔히 사람들이 천직이라 부르는 내부의 강력한 이끌림을 느끼며, 그들을 뒤흔들 만한 야망과 충만케 해줄 열정을 느끼며 자신을 쏟아붓고 싶었을 것이다. 하지만 어쩌란 말인가, 그들은 단 하나만을 알았다. 더 잘살고 싶다, 이 욕망이 그들을 소진했다. 학생으로 만난 스물한 살의 제롬과 열아홉 살 실비는 보잘것없는 학사 졸업장으로 노장쉬르센이나 샤토티에리 아니면 에탕프에서 쥐꼬리만 한 월급을 받는 직장에 들어갈 자신들의 미래에 환멸을 느꼈다. 만난 지 채 얼마 되지 않아 서로의 의견을 물어볼 것도 없이, 제대로 시작하지도 않은 학업을 그만두어버렸다. 알고자 하는 욕망도 그들을 이기지 못했다. 한발 물러서서, 분명히 자신들이 잘못 생각한 것이며, 조만간 이를 후회할 날이 오리라는 것도 알고 있었다. 더 널찍한 방, 수돗물, 샤워실, 다양한 메뉴랄 것도 없이 단지 학교 식당보다 좀 나은 정도의 식사와 자가용, 음반, 휴가, 옷의 필요를 느낄 게 뻔했다.

이미 수년 전부터 소비자 동기조사는 프랑스에서 시작되었다. 당시 이 조사는 한창 성업 중이었다. 자고 나면 아무 준비 없이 새 에이전시가 생겨나는 판이었다. 거기서 쉽게 일을 얻을 수 있었다. 일이라고 해봤자 대개 공원이나 학교 문 앞에서, 혹은 외곽에 있는 영세 임대 아파트에 가서 주부들에게 최근 이러저러한 광고를 본 적이 있는지, 봤다면 어떻게 생각하는지 조사하는 정도의 일이었다. '테스트' 혹은 '1분 조사'라고도 불리는 긴급 설문 조사는 100프랑짜리 일이었다. 적은 액수였지만 보모 일이나 야간 경비, 식당 설거지보다는 나았고, 으레 학생들에게 돌아가기 마련인 온갖 종류의 아르바이트, 가령 광고지 돌리기, 장부 정리하기, 광고 프로 초 단위로 끊기, 노점상, 과외보다는 나았다. 게다가 신생 에이전시이고 소규모에다 접근 방법이 새롭고 숙련된 일손이 절대적으로 부족해 빠른 승진과 기막힐 정도의 상승도 기대해볼 만했다.

나쁘지 않은 계산이었다. 몇 달을 설문지 제작에 매달렸다. 그리고 시간에 쫓기는 에이전시 사장을 만나 신임을 얻었다. 옆구리에 녹음기를 끼고 지방으로 떠났다. 도중에 만난 한두 살 많을까 싶은 동료들 덕택에 대개 어려우리라 예상되는 공개, 비공개 인터뷰를 수월히 이끌어가는 법을 익힐 수 있었다. 사람들로부터 어떻게 이야기를 끌어내는지, 그중에서 그들의 이야기를 어떻게 가려내는지 배웠다. 도통 알 수 없는 주저함과 애매한 침묵, 은근한 암시 중 그들이 탐색해야 할 길을 분별할 줄 알게 되었다. 그들은 만국

공통의 '흠'이 의미하는 숨은 뜻을 간파하고, 인터뷰 상대의 말에 추임새를 넣어 신임을 얻고, 이해받고 있다는 느낌을 주면서 이야기를 독려하고 답을 유도하며, 심지어 은근한 압력까지 넣는 진정한 의미의 마술 같은 인터뷰 스타일을 지니게 되었다.

결과는 경이로웠다. 승승장구였다. 사회, 심리, 통계 자료들을 사방에서 긁어모았다. 인터뷰에 사용하는 어휘와 기호, 효과적인 방법 들을 통일했다. 실비의 경우, 안경을 썼다 벗었다 하는 방법이나 메모하는 요령, 설문지 내용을 이리저리 뒤적이거나 말하는 방법, 사장들과의 인터뷰에서 질문이라는 티를 내지 않으며 요령껏 끼어드는 방법, 가령 "그렇지 않습니까……" "아마도 제 생각에는……" "……어느 정도……" "……제가 품는 의문은……" 같은 것, 때를 봐서 라이트 밀스나 윌리엄 화이트 아니면 라자스펠트, 캔트릴, 허버트 하이먼 같은 사회학자를 적당히 들먹이는 것이었는데, 정작 그들의 책은 세 쪽도 제대로 읽어본 적이 없었다.

설문 조사의 기본이라고 할 필수적인 요령을 제대로 터득하자 탁월한 실력을 발휘하기 시작했다. 소비자 동기조사에 뛰어든 지 불과 1년도 안 되어 '설문 내용 분석'이라는 막중한 임무를 맡게 되었다. 이는 조사의 총괄책임자 바로 아래 업무인데 당연히 사무실 간부에게 돌아가던 일이었다. 직급 서열상 꼭대기에 해당하고 가장 높은 보수를 받는 제일 그럴싸한 출발이었다. 이후 몇 년간 그들은 서열 사다리에서 추락하지 않고 잘해나갔다.

4년 넘게 그들은 개척하고, 인터뷰하고 분석하는 데 힘을 쏟았다. 왜 이 바퀴 달린 진공청소기는 잘 안 팔리는가? 중산층은 치커리를 어떻게 생각하는가? 사람들은 가공 퓌레를 좋아하는가, 그렇다면 왜? 소화가 잘돼서? 감칠맛이 있어서? 만들기가 간편해서? 장난감 자동차를 정말 비싸다고 생각하는가? 부모는 아이들을 위해서라면 언제든 희생할 준비가 되어 있을까? 프랑스 여성들의 투표 성향은? 튜브형 치즈를 좋아하는가? 대중교통 수단이 만족스러운가, 불만스러운가? 플레인 요구르트를 고를 때 제일 먼저 신경 쓰는 것은? 색깔, 내용물, 맛, 천연 향 중에서 고른다면? 독서를 많이 하십니까, 조금 또는 전혀 하지 않으십니까? 외식을 하십니까? 부인, 흑인에게 세를 주실 의향이 있으신지요? 사람들은 솔직히 은퇴에 대해 어떻게 생각하는가? 젊은이들은 어떤 생각을 하는가? 회사 중역들은 무슨 생각을 하는가? 나이 서른의 여성들은 무슨 생각을 하는가? 어떤 휴가 계획을 갖고 계십니까? 휴가를 어디서 보내실 겁니까? 냉동식품을 좋아하십니까? 이렇게 생긴 라이터는 얼마면 좋겠습니까? 매트리스를 살 때 따지는 것은? 파스타를 좋아하는 남자는 어떤 유형인가요? 지금 사용하는 세탁기에 대해 어떻게 생각하십니까? 만족하시는지요? 거품이 너무 일지는 않습니까? 세탁이 잘됩니까? 옷감이 상하지는 않습니까? 건조 기능을 갖추었습니까? 건조 기능이 있는 세탁기를 선호하십니까? 광산 갱도의 안전이 안심할 만합니까, 아니면 충분치 않다고 생각하십니까? (다음 내용을 떠볼 것, 개인적인 경험을 말하도록 유도할 것. 직접 목격했거나 자신이 다친 적이 있는지, 사고가 어떻게 일어났는지 물어보고 아들도 아버지처럼 광부가 되려는지, 아니면 어떤 직업을 갖고 싶은지 알아볼 것.) 세제, 빨래 건조, 다림질에 관한 질문도 있었다. 가스, 전기, 전화에 관한 설문과 아이들, 옷, 속옷, 겨자, 봉지 수프, 캔 수프에 관한 물음도 있었다. 모발 관리에 대해, 어떻게 샴푸하고 염색하는지, 어떻게 관리하는지, 어떻게 윤이 나게 하는지를 물어보았다. 학생, 손톱 관리, 시럽 기침약, 타자기, 비료, 트랙터, 여가, 선물, 문방구, 속옷, 정치, 고속도로, 알코올음료, 미네랄워터, 치즈, 저장 식품, 램프, 커튼, 보험, 정원 가꾸기.

사는 데 필요한 모든 것이 질문거리였다.

난생처음 돈을 꽤 벌었다. 일이 마음에 들지는 않았다. 어떻게 이 일을 좋아할 수 있을까? 그렇다고 지루하지도 않았다. 일을 하면서 배우는 것이 많다고 느꼈다. 해를 거듭하면서 일이 그들을 바꿔놓았다.

새로운 것을 배운 중요한 시간이었다. 그들은 무일푼이었다. 그들은 세상의 부를 발견해나갔다.

그들은 오랫동안 완전히 눈에 띄지 않게 살았다. 학생처럼 옷을 입었다. 그러니까 잘 못 입었다. 실비에게는 치마 한 벌에 볼품없는 스웨터, 코르덴 바지, 더플코트가 있을 뿐이었다. 제롬은 꼬질꼬질한 반코트에 기성복 양복 한 벌, 보기에도 딱한 넥타이가 전부였다. 그들은 영국 스타일에 탐닉했다. 모직, 실크 블라우스, 얇은 실크 와이셔츠, 망사 넥타이, 실크 스카프, 트위드, 가벼운 양모, 캐시미어, 비쿠냐,[5] 가죽, 저지, 리넨을 알게 되었고, 구두의 왕족이라 할 수 있는 영국 처치스 구두에서 프랑스의 웨스통, 번팅, 롭[6]에 이

---

5 야생 라마의 털에서 채취한 섬유.
6 명품 신사화 상표 이름들이다.

르기까지 유명 상표를 망라하기에 이르렀다.

그들의 꿈은 런던 여행이었다. 내셔널갤러리와 새빌로,[7] 제롬의 애틋한 추억이 서려 있는 처치스트리트의 카페들을 돌아다니고 싶었다. 하지만 그곳에 걸맞게 머리부터 발끝까지 차려입을 정도의 부자는 아니었다. 파리에서 이마에 땀을 흘려가며 처음 번 돈으로 실비는 코르뉘엘의 실크 편물 블라우스, 수입 양모 트윈세트,[8] 몸에 딱 붙는 라인 스커트, 부드러운 가죽끈을 엮어 만든 신발, 공작새와 나뭇잎 무늬가 프린트된 긴 실크 스카프를 샀다. 제롬은 여전히 틈만 나면 청바지에 깃 없는 낡아빠진 셔츠를 입고, 대충 면도를 한 채 슬리퍼를 끌며 돌아다니기를 즐겼지만, 이제 음미하며 빈틈없이 채비하는 긴 아침의 기쁨 역시 새롭게 알아갔다. 욕조에 몸을 담근 후 꼼꼼히 면도하고, 향수를 살짝 뿌린 뒤 물기가 촉촉이 남은 몸에 눈부시게 새하얀 와이셔츠를 두르고 모직이나 실크 넥타이를 매는 상쾌함. 제롬은 올드잉글랜드에서 넥타이 세 장과 모직 재킷, 세일하는 와이셔츠, 앞으로 신발 때문에 얼굴 붉힐 일이 없게 해줄 구두

---

[7] 런던의 고급 양복점들이 있는 거리. 영국 신사복의 발상지로 유명하다.
[8] 카디건과 스웨터를 같은 소재, 무늬, 색으로 맞춘 세트.

를 샀다.

그리고 벼룩시장을 발견한 것은 일생일대의 사건이었다. 애로나 반호이젠 상표가 달린 옷깃이 긴 멋진 버튼 와이셔츠는 당시 파리에서 찾아보기 어려운 것이었다. 미국 코미디가 막 유행시키기 시작한 (적어도 미국 코미디를 즐기는 일부 사람 사이에서는) 이 멋진 와이셔츠가 아무리 입어도 닳지 않을 것 같은 트렌치코트, 스커트, 블라우스, 실크 원피스, 가죽 재킷, 부드러운 가죽 단화 옆에 뒤죽박죽 섞인 채로 널려 있었다. 그들은 1년 넘게 보름마다 토요일 아침이면, 나무 상자와 가판, 산더미처럼 쌓인 물건, 박스, 뒤집힌 우산 속을 뒤지러 나섰다. 구레나룻을 기른 10대, 알제리인 시계 장수, 미국인 관광객들 틈에 끼어 베르네종 벼룩시장의 안경, 실크해트, 회전목마 사이로 넋 나간 듯이 돌아다니곤 했다. 말릭 벼룩시장에서 아무 쓸모 없어 보이는 고물, 매트리스, 골조만 남은 기계, 떨어져 나간 부품과 한데 파묻혀 있는 한물간 유명 상표 셔츠의 닳아빠진 기이한 최후를 살피며 눈이 빠져라 훑고 다니기도 했다. 그들은 갖가지 옷과 잡동사니 장식품, 우산, 오래된 항아리, 핸드백, 음반을 신문지로 대충 말아 끌어모았다.

그들은 변했다, 딴사람이 되었다. 실제로 인터뷰 대상자들과 달라야 할 필요가 없고 그들에게 인상을 남길 필요도, 더구나 그들에게 감탄을 살 이유도 없었다. 더욱이 많은 사람과 교류하지도 않았고 외출을 하더라도 언제나 비슷한 부류의 사람을 만날 뿐이었다. 하지만 뻔한 이유이기는 해도 돈이 새로운 필요를 부추겼다. 조금이라도 생각할 여유가 있었다면 달랐겠지만 당시 그들은 생각이란 걸 하지 않고 살았기에, 어느 정도까지 자신들의 가치관이 바뀌었는지 의식하지 못했다. 외모뿐 아니라 자신들을 둘러싼 모든 것, 중요하게 여기던 것들이 얼마나 변해버렸는지, 그들의 전부가 되어버린 것들을 돌이켜 생각해볼 수 있었다면 진정 놀랐을 것이다.

모든 것이 새로워졌다. 변해버린 감수성, 취향, 지위가 이전까지 신경 쓰지 않던 것들에 관심을 기울이게 했다. 다른 사람들이 어떻게 옷을 입는지 살펴보고 가구, 장식품, 넥타이 진열대를 눈여겨보았다. 부동산 중개업소에 내걸린 광고 앞에서 자주 공상에 젖었다. 전혀 관심을 두지 않던 것들에 대해 알아갔다. 동네와 거리가 음산한지 밝은지, 조용한지 시끄러운지, 쓸쓸한지 활기찬지가 중요해졌다. 이들에게는 새로운 관심사에 대한 예비 지식이 전혀 없었다. 이들은 자신들의 오랜 무지를 새삼 놀라워하며 아이처럼 열을 올리며 하나하나 발견해갔다. 자신들이 거의 한시도 쉬지 않고 이런 생각에 매달리는 것을 조금도 의아하게 생각하지 않았다.

그들이 좇는 길, 새롭게 눈뜬 가치, 전망, 욕망, 야망, 이 모든 것이 종종 어쩌지 못할 만큼 공허해 보이는 것도 사실이었다. 위태하거나 모호하지 않은 것이 없었다. 바로 이것이 그들의 삶, 암울함 이상으로 알 수 없는 불안의 근원이었다. 무엇인가가 입을 무한히 크게 벌리고 있는 것 같았다. 종종 혼잣말로 어쩌면 삶이 매력과 안락함, 미국식 코미디나 솔 바스[9]의 영화 엔딩 크레디트처럼 환상적인 이미지를 지니고 있을지도 모른다는 상상을 했다. 상상 속에서 경이롭고 눈부신 장면들, 가령 스키 자국 두 줄이 선명히 남은 새하얀 눈밭이라든가 푸른 바다, 태양, 푸른 언덕이 펼쳐지고 벽난로에 불꽃이 일렁이는 모습이 떠올랐다. 거침없이 펼쳐진 고속도로, 값비싼 자가용, 호사스러운 집이 그들에게 손짓하는 것 같았다.

그들은 싸구려 방을, 학생 식당을 집어치웠다. 자르댕 데

---

9 미국의 그래픽디자이너.

플랑트 바로 옆 모스케[10]와 마주한 카트르파주 7번가에 아담한 정원이 딸린 두 칸짜리 작은 아파트를 구했다. 카펫과 테이블, 안락의자와 긴 의자가 갖고 싶었다.

그해, 파리를 끝도 없이 돌아다녔다. 골동품 가게마다 발을 멈췄다. 온종일 백화점을 돌아다니며 놀란 낯으로 지레 겁을 집어먹기도 했지만, 감히 그 같은 심경은 입에 담지도 못했다. 앞으로 자신들의 운명과 존재 이유, 행동을 결정지을 유치하고 맹목적인 추구 앞에서 이를 감히 제대로 응시하지도 못한 채 자신들의 욕망의 크기에 압도당해, 눈앞에 펼쳐진 부와 주어진 풍요로움에 질식해갔다.

그들은 고블랭과 테른, 생쉴피스의 작은 레스토랑들을 발견해나갔다. 주말이면 파리를 벗어나 밀어를 속삭일 만한 한적한 바, 가을이면 랑부예와 보, 콩피에뉴 숲에서 긴 산책이 주는 즐거움을 만끽하면서 눈과 귀, 혀가 맛볼 수 있는 온갖 호사를 누렸다.

이전의 그들이 아무 배경 없는 프티부르주아 출신에 개성 없는 그저 그런 학생 신분으로, 세상에 대해 편협하고

---

[10] 파리에 있는 이슬람 사원 이름.

피상적인 생각만을 했다면, 이제 사회에 점점 깊숙이 발을 들여놓게 되면서 교양인이란 무엇인지 알아가기 시작한 것이다.

마침내 얻게 된 하나의 깨달음, 엄밀히 단 하나라고 꼭 집어 말할 수는 없지만, 과거에는 그려보기 어려웠을 자신들의 장래 모습, 사회적으로나 정신적으로 성숙해진 모습으로 자신들의 변신에 성공적인 마침표를 찍게 되었다.

4

친구들과 함께하면 삶은 자주 소용돌이쳤다. 그들은 한 패이자 멋진 팀이었다. 그들은 서로를 아주 잘 알았다. 그들은 서로 닮아가며 취미, 취향, 추억을 공유했다. 그들만의 언어와 신호, 은어로 통했다. 완전히 일치하기에는 너무 자라버렸지만, 마음먹고 서로를 닮지 않기에는 충분히 자라지 않았던 그들은 삶의 대부분을 함께 보냈다. 자주 티격태격했다. 그 이상으로 즐겼다.

그들은 거의 모두 광고계에서 일하고 있었다. 하지만, 몇 명은 미래를 알 수 없는 학업을 계속하고 있었다. 아니, 계속하려 애쓰고 있었다. 대개 겉만 번드레한 사무실이나 이름만 사장실인 사무실에서 만났다. 그들은 압지에 아무렇게나 휘갈겨 쓰며 별 볼 일 없는 추천평이나 블랙유머를 함께 나눴다. 입을 모아 부자나 모리배, 형편없는 음식점에 대한 경멸과 비난을 쏟아부었다. 하지만 자신들이 작은 도시의 쓸쓸한 호텔 방에 오륙일쯤 함께 유배를 당한 것 같은 느낌에 자주 시달렸다. 식사 때마다 우정으로 함께했다. 하지만 점심은 사무실에서 허겁지겁 해결했고, 저녁 식사는 참을 수 없을 만큼 늦어지기 일쑤였다. 그러다가 테린[11]이라도 나오는 날이면 이 처량한 떠돌이 사회심리 조사원들의 얼굴에 놀라운 생기가 돌고 시골에서의 저녁 식사가 추억할 만한 것으로 달콤하기까지 했다. 하지만 대개는 이마저도 고약한 호텔 주인이 추가 요금을 청구했다. 이런 날이면 녹음기도, 고상한 심리학자의 세련된 말투도 집어치웠다. 그들은 테이블에 죽치고 앉았다. 자신에 대해, 세상, 온갖 것, 별 볼 일 없는 것, 취미, 야망에 대해 떠들어댔다. 어느 도시에나 있기 마련인 편안한 바를 찾아내서 새벽 1시까지 위스키와 브랜디, 진 토닉을 앞에 두고 저버린 사랑, 욕망, 여행, 거부와 열정을 되풀이해서 말했다. 그러면서 서로의 레퍼토리가 똑같은 것에 조금도 놀라워하지 않고 오

---

[11] 간이나 자투리 고기, 생선 살 등을 갈아서 '파테'라는 밀가루 반죽을 입혀 '테린'이라는 질그릇에 담아 오븐에 구워낸 정통 프랑스 요리.

히려 기뻐했다.

처음의 공감에서 그저 그런 관계, 점점 뜸해지는 전화 통화 이상을 기대할 수 없는 경우가 많았다. 하지만 드물기는 해도 우연한 만남, 서로의 필요에 의한 만남으로부터 천천히 아주 천천히 우정이 자라나기도 했다. 이처럼 해를 거듭하면서 그들의 우정은 서서히 공고해져갔다.

그들은 서로 쉽게 알아보았다. 돈이 아주 많지는 않아도 충분했고, 어쩌다가 정신없이 따져보지 않고 물건을 사대는 통에 생기는 적자를 메울 정도는 되었다. 살고 있는 아파트, 스튜디오, 다락방, 두 칸짜리 낡은 집, 신경 써서 고른 동네, 가령 팔레루아얄이나 콩트르스카르프, 생제르맹, 뤽상부르, 몽파르나스처럼 사는 곳이 비슷했다. 어느 집에서건 낡아빠진 소파, 전원풍 탁자, 두서없이 쌓아 올린 책이며 음반, 오래된 유리병, 똑같은 모양의 항아리에 꽂아놓은 꽃과 필기도구, 동전, 담배, 사탕, 클립 들을 볼 수 있었다. 그들은 대략 비슷한 옷차림이었는데, 남자나 여자 할 것 없이 《마담 엑스프레스》와 《렉스프레스》에 유행하는 스타일로 입었다. 더욱이 거기에 실린 커플룩을 많이 따라 했다.

분명히,《렉스프레스》가 그들에게 가장 비중 있는 주간지는 아니었다. 솔직히 이 잡지를 좋아하지 않았지만 사 보고, 어쨌든 집집이 돌려가며 정기적으로 읽으면서 과월호들을 꽤 모아두기까지 했다.《렉스프레스》의 정치적 노선과는 번번이 충돌이 일어났다. (한번은 분노를 참지 못하고 '사령관 문제'에 대해 짤막한 비방문을 쓰기도 했다.) 그들이 애독하는《르몽드》의 분석을 단연 선호했고, 때때로《리베라시옹》의 입장에 공감을 표하기도 했다. 하지만《렉스프레스》만이 그들의 삶의 방식과 맞아떨어졌다. 그들은 이 잡지를 읽으면서 사실을 왜곡한다느니 변질시킨다느니 비난했지만, 자신들의 삶에서 매일 관심 있어 하는 것들을 발견할 수 있었다. 잡지에 대해 분노를 터뜨리는 일은 드물지 않았다. 그도 그럴 것이 문체는 부적절한 거리 두기와 암시, 은밀한 경멸, 제대로 여과되지 않은 욕구, 엉터리 열정, 현혹, 유혹의 분위기를 풍겼고, 수단이 아니라 목적이 되어버린 광고가 잡지를 온통 도배하고 있었다. 한편으로는 모든 것을 일순 바꿔버리는 사소한 디테일들, 비싸지 않으면서 사람을 진정 유쾌하게 만드는 소소한 것들이 있었다. 또 거기에는 문제를 제대로 파악하고 있는 사업가들과 자신들이 무엇에 대해 말하고 있는지 깨닫게 해주는 전문가들, 그리고 입에 파이프를 지그시 문 20세기를 낳은 혁신적인 사상가들이 있었다. 매주 포럼이나 원탁회의에 모여 전권을 쥔 자의 여유로운 미소를 짓고 앉아 있을 그들을 생각하면, 두 사람은 자신들이 쓴 비방문에서 처음의 꽤 잘 쓴 언어유희 이상으로 한 걸음도 더 나가지 못했다. 그리고《렉스프레스》가 좌파 잡지인지 확신할 수 없지만 위험한 잡지임은 틀림없다고 생각했다. 게다가 허상이기까지 했다. 그들은 이를 매우 잘 알고 있었지만 바로 이 점이 그들에게 위안이 되기도 했다.

그들은 자신의 견해를 숨기지 않았다. 그들은《렉스프레스》의 지지자였다. 그들은 분명히 자신들의 자유, 지성, 유머, 젊음이 언제 어디서나 적절하게 표현되기를 원했다. 그들은《렉스프레스》가 그 역할을 하게 내버려두었다. 가장 쉬운 방법일 뿐 아니라, 그들이 잡지에 퍼붓는 경멸 역시 자기 합리화의 기쁨을 맛보게 해주기 때문이었다. 그들의 격렬한 반응은 그만큼 그 잡지에 예속되었음을 보여주는 것이었다. 투덜대며 잡지를 뒤적였으며 비난을 하고 멀리 집어 던져버렸다. 때로는 잡지의 형편없음에 끝없는 경탄을 표하기도 했다. 하지만 그들은《렉스프레스》를 읽었다. 이것은 분명한 사실이었고, 그들은 거기에 젖어 살았다.

어디서 그들의 취향과 욕망을 이보다 더 정확하게 보여주는 것을 찾을 수 있을까? 젊지 않은가? 어느 정도는 부유하지 않은가?《렉스프레스》는 그들에게 안락함의 모든 기호를 제공했다. 두툼한 목욕 가운, 재기 넘치는 탈신성화, 유행하는 해변 휴양지, 이국적인 요리, 유용한 노하우, 지적인 분석, 높은 자리 사람들 사이에 일어난 일의 내막, 돈을 별로 안 들이고 휴가를 보낼 수 있는 장소, 다양한 견해, 새로운 아이디어, 예쁜 원피스, 냉동식품, 우아한 소품, 요령껏 전달하는 스캔들, 최신 유행에 대한 조언.

그들은 낮은 목소리로 체스터필드 소파를 꿈꿨다.《렉스프레스》는 그들과 함께 그 꿈을 나눴다. 그들은 휴가 대부분을 상품 판촉전을 다니는 데 썼다. 그곳에서 싼값에 주석 제품들을 구하고 짚으로 짠 의자, 술잔, 뿔 손잡이가 달린 칼, 그들이 애지중지할 재떨이로 쓸 녹청 긴 그릇을 샀다. 이 모든 것이, 확신컨대《렉스프레스》가 언급했거나 앞으로 언급할 물건들이었다.

그래도 물건을 살 때는 현명하게《렉스프레스》가 제안하는 구매 방식과는 거리를 두었다. 그들은 아직 완전히 '자리'를 잡지 못했고, 비록 주변 사람들이 주저 없이 그들을 '간부'로 인정하더라도, 그들은 정년 보장도, 보너스도, 계약에 따른 정규 직원의 특별 수당 혜택도 받지 못했다.《렉스프레스》는 비싸지 않으면서 친절한 (친구처럼 지내는 가게 주인이 물건을 고를 동안 포도주나 클럽 샌드위치를 대접하기도 하는) 동네 가게처럼 세련될 수 있도록 유행이 무엇인지를 가르쳐주는 비밀 창고이자, 인테리어를 완전히 뜯어고치도록 충고하는 조언자였다. 회벽은 기본이고 짙은 고동색 카펫이 빠질 수 없었다. 그 조언들 중에서 시도해볼 수 있는 것은 한물간 모자이크 무늬의 눈에 띄는 바닥 타일 정도였다. 외부로 드러난 대들보는 필수이고, 실내의 작은 계단, 불을 지피는 진짜 벽난로, 전원풍 가구, 아니면 더 이상적으로 프로방스풍 가구가 전적인 추천 대상이었다. 이 같은 개조는 파리 전역에 걸쳐 서점, 갤러리, 수예품점, 장신구점, 가구점, 식료품점까지 고만고만한 가게들을 가리지 않고 퍼져나갔다. 파리 날리던 구멍가게 주인이 전문가인 양 파란 앞치마를 두르고 치즈 장인이 되는 경우가 비일비재했다. 이 같은 변신은 자연히 물가 상승을 부추겨서, 수제 날염의 천연 모직 원피스라든가 오카드섬의 장님 노파가 짠 (특제, 순수, 천연 염색, 핸드 스펀, 수직 따위의 꼬리표가 달린) 캐시미어 스웨터, 카디건 세트 아니면 반모나 가죽을 덧댄 (주말 외출용이나 사냥, 드라이브용) 화려한 재킷들은 늘 손에 넣을 수 없었다. 골동품 가게를 기웃거리기는 했지만, 가구를 사들일 때는 대규모 세일이나 드루오 경매장에서 사람이 제일 뜸한 홀을 애용했고, (자제력을 발휘해서 원하는 만큼 쫓아다니지는 않았다) 마찬가지로 모두들 옷장을 채우기 위해 벼룩시장을 부지런히 들락날락했다. 아니면 1년에 두 번, 성 조지 영국성공회 자선 모금을 위해 할머니들이 주최하는 바자회를 이용하기도 했다. 그곳에는 외교관들이 내놓은 아주 쓸 만한 물건이 아주 많았다. 하지만 대개는 불편을 감수해야 했다. 많은 사람 틈을 헤집고 먼지투성이 물건들을 일일이 들춰봐야 했다. 영국인들은 사람들이 인정하는 만큼 늘 세련되지는 않았다. 그러다가 대사관 서기관이 매기에는 스타일이 경박한 멋진 넥타이를 발견하거나 원래는 완벽했을 와이셔츠, 줄여서 입을 만한 스커트를 찾아내기도 했다. 확실히, 모 아니면 도였다. 언제나 무시할 수 없는 불균형, 고급 패션 취향과(무엇도 지나치게 멋질 수 없었으며 미의 추구에는 끝이 없었다) 평소 지출할 수 있는 돈 사이의 간격은 분명했다. 결국 이는 그들의 상황을 구체적으로 보여주는 것이었다. 이런 부류가 그들만은 아니었다. 1년에 세 번 정기 세일을 이용하기보다 중고품을 선호했다. 그들의 세계에서 살 수 있는 수준보다 더 많이 갈망하는 것은 어떤 법칙에 가까웠다. 이렇게 만든 것은 그들이 아니었다. 그것은 현대 문명의 법칙이었고 광고, 잡지, 진열장, 거리의 볼거리, 소위 문화 상품이라 불리는 총체가 이 법에 전적으로 순응하고 있었다. 그 이후로 가끔 자존심에 상처를 입는 것은 그들의 잘못이었다. 사소한 굴욕, 즉 기어들어가는 목소리로 물건값을 물어보거나, 머뭇거리면서 값을 깎아보려 하고, 상점에 들어가지도 못하고 진열장만 기웃거리거나 갖고 싶어 하고, 쩨쩨해 보이는 것을 감수하며 흥정을 했다. 조금 싸게 사거나 헐값에, 또는 거의 헐값에 가깝게 사기라도 하면 뿌듯해했다. 하지만 그들의 눈에 가장 멋지고 완벽해서 세상에 하나밖에 없을 물건을 단번에 흥정도 하지 않고 홀린 듯이 아주 비싼 값을 치르고 샀을 때 더 우쭐했다. 이들이 갖는 수치심과 오만함은 같은 성격이어서 같은 환멸, 같은 분노를 내포하고 있었다. 온종일 사방에서 슬로건, 포스터, 네온사인, 불 밝힌 진열장이 그들의 머릿속에 자신들이 늘 사다리의 아래에 있다고, 언제나 사다리의 너무 낮은 곳에 있다고 세뇌하고 있었기 때문에 그 사실을 잘 깨닫고 있었다. 한술 더 떠, 가장 나쁜 몫이 아닌 걸 다행이라고 생각했다.

그들은 '신인'이었다. 아직 젖내 나는 풋내기 간부, 성공가도에 들어선 전문직 종사자였다. 그들 대부분이 프티 부르주아 출신이었지만 그 가치관이 자신들에게 더 이상 맞지 않는다고 생각했다. 질투와 절망 섞인 감정으로 그랑 부르주아가 누리는 안락함과 사치, 그 완벽함을 곁눈질했다. 유산은 기대할 수 없었다. 제롬과 실비의 친구들을 통틀어 단 한 명만이 부유하고 좋은 집안 출신이었는데 프랑스 북부의 나사(羅絲) 도매상으로 실속 있는 자산가였다. 릴 지방의 부동산, 주식, 보베 근처 별장, 금은 장식품, 보석, 수백 년 된 가구로 들어찬 방들이 집안 소유였다. 나머지 친구들의 어린 시절 집이라면, 30년대 초에 유행하기 시작한 치펀데일식이나 투박한 노르망디식의 식당과 침실이 고작이었다. 침실 중앙에 개양개비 꽃 빛깔의 호박단 시트가 깔린 침대가 놓여 있고, 거울과 금칠로 장식된 문 세 짝짜리 옷장과 다리가 돌아간 섬뜩할 정도로 각진 테이블, 가짜 사슴뿔 모양의 옷걸이가 전부였다. 밤이면 따뜻한 불빛 아래에서 숙제를 했다. 쓰레기통을 비우고, 우유를 짜러 가고, 문을 아무렇게나 닫고 나갔다. 그들의 어린 시절 기억은 엇비슷했다. 그들이 앞으로 가게 될 길이 닮아 있는 것처럼. 집안 배경 없이 더디게 일어서는 것이나 자신들이 선택한 미래가 비슷한 것처럼.

 그들은 한창때였다. 편안했다. 그들은 어수룩하지 않았다. 스스로 그렇게 말하곤 했다. 거리를 둘 줄 알았다. 여유가 있었고, 아니 적어도 그러려고 했다. 그들은 유머가 있었다. 영리했다.

 그들 그룹을 진지하게 분석해보면 서로 다른 성향과 숨은 불화를 쉽게 알아챌 수 있을 것이다. 꼼꼼하고 깐깐한 사회 분석가라면 반목과 상호 간의 소외, 잠재된 증오를 벌써 밝혀냈을 것이다. 가끔 뜻하지 않은 충돌, 숨어 있던 상처의 말들, 은근하던 불화의 기운이 서로에 대한 반목의 불씨를 타오르게 하기도 했다. 그럴 때면 아름답던 우정이 순식간에 무너져버렸다. 마치 처음 알았다는 듯 매우 놀라워하며, 자신들이 후하다고 믿고 있던 아무개가 사실은 쩨쩨하기 이를 데 없고, 또 다른 누구누구는 냉정한 이기주의자라는 사실을 밝히고는 했다. 패가 갈리고 절교가 잇따랐다. 서로에게 적대적으로 굴면서 사악한 쾌락을 맛보기도 했다. 등을 돌린 상태가 지나치다 싶을 정도로 길게 이어지기도 하고, 냉담과 함께 멀어질 대로 멀어진 거리가 그대로 지속되기도 했다. 서로를 외면하고 끊임없이 피할 만한 구실로 자신들을 합리화하다가 결국에는 사과와 용서, 따뜻한 화해를 했다. 뭐라 해도 그들은 서로에게 없어서는 안 될 존재이기 때문이었다.

그들은 이 같은 신경전에 완전히 사로잡혀 별문제 없이 다른 일에 쓸 수 있었을 귀한 시간을 허비하고는 했다. 하지만 이런 일들을 겪으면서 형성된 기질과 다져진 그룹의 토대가 그들의 정체성을 결정지었다고 할 수 있었다. 그룹을 빼놓고 그들의 삶을 이야기할 수는 없었다. 그렇다고 해도 너무 자주 만나지 않는다든가, 늘 붙어서 일하지 않을 줄 아는 분별력은 있었다. 더욱이 개별 활동을 고수하려는 노력이나 사적인 장소에서 업무를 어느 정도 잊고 즐길 줄도 알았다. 언제나 함께이다시피 한 그들의 삶은 연구와 지방 출장, 보고서 작성이나 분석을 위한 밤샘 작업을 용이하게 해주었다. 하지만, 한편으로는 그럴 수밖에 없는 처지이기도 했다. 말하자면 그들의 은밀한 비극이자 공통의 약점이었다. 그들은 그 점에 대해서는 절대 입 밖에 내지 않았다.

뭐니 뭐니 해도 그들의 가장 큰 즐거움은 함께 잊는 것, 기분전환하는 일이었다. 무엇보다 술을 좋아해서 많이, 자주, 함께 마셨다. 도누 거리의 해리스 뉴욕바라든가 팔레루아얄의 카페들, 발자르, 리프, 그리고 몇 군데를 들락거렸다. 뮌헨 맥주, 기네스, 진, 아주 뜨겁거나 아주 차가운 펀치, 과일주를 좋아했다. 가끔 저녁 시간을 온통 술을 마시며 보내기도 했는데, 그럴 때면 이어 붙인 테이블 두 개에 끼어앉아 자기가 누리고 싶은 삶에 대해, 앞으로 쓸 책에 대해, 해보고 싶은 일에 대해, 보았거나 앞으로 볼 영화에 대해, 인류의 미래에 대해, 정치 상황에 대해, 앞으로의 휴가에 대해, 과거의 휴가에 대해, 시골로의 바람 쐬러 가기나 브루게,[12] 앙베르,[13] 바젤[14]로의 짧은 여행에 대해 끝도 없이 떠들어댔다. 가끔 집단 망상에 빠져 거기서 헤어 나오기는커녕 암묵적 공모로 끊임없이 허우적거리고는 했다. 그러다 결국 현실감각을 완전히 잃고 마는 것이었다. 이때쯤이면 무리 중 누군가 손을 슬그머니 올렸다. 웨이터가 빈 그릇을 치우고 다른 요리를 내오면 대화는 점점 늘어져서 나중에는 자신들이 방금 마신 것, 그들의 취기, 갈증, 행복에 대한 이야기들로만 이어졌다.

그들은 자유에 탐닉했다. 세상 전체가 손안에 있는 듯했

---

12 벨기에 서북부에 있는 도시.
13 벨기에 도시 안트베르펜의 프랑스 이름.
14 스위스 북부, 라인 강 수운이 끝나는 곳에 있는 항구도시.

다. 그들이 느끼는 갈증의 리듬에 충실했고 열기는 식을 줄 몰랐다. 열정은 끝이 없었다. 밤새도록 걷고, 달음질치고, 춤추고, 노래할 수도 있었다.

그 이튿날은 서로 보지 않았다. 커플들은 집에 처박혀 굶고, 게워내고, 블랙커피와 약을 먹어댔다. 해가 떨어지고 나서야 비싼 스낵바에 가서 소스도 없이 스테이크를 먹었다. 그들은 극단적인 결심을 했다. 담배를 끊겠다든가 술을 다시는 입에 대지 않겠다, 또는 돈을 낭비하지 않겠다는 식의 결심이었다. 자신들의 존재가 무의미하고 어리석게 느껴졌다. 이 잊지 못할 취기 어린 날의 기억에는 무엇인가 아련한, 알 수 없는 흥분과 모호한 감정이 섞여 있었다. 마치 한잔하러 간 일이 근본적인 몰이해와 끈질기게 따라붙는 분노, 도저히 떨쳐낼 수 없을 듯한 단단한 모순을 자극하기라도 하는 것 같았다.

이 집 저 집 몰려다니며 희한한 저녁 식사를 하거나, 진짜 파티를 열기도 했다. 대개 빈약한 요리이거나 가끔은 먹을 수 없을 것 같은 음식들이 전혀 어울리지 않는 접시에 담겨 나왔다. 그중에 고급스러운 접시들이 몇 점 섞여 있기도 했다. 최고급 유리잔이 싸구려 잔과 나란히 놓이는가 하면, 식칼이 문장이 새겨진 은제 티스푼과 한 벌로 테이블에 놓였다.

그들은 다 같이 무프타르가에서 장을 봤다. 멜론과 복숭아로 가득 채운 바구니, 치즈, 양 넓적다리 살, 새고기를 그득히 담은 바구니, 제철 굴과 테린, 생선 알로 넘칠 것 같은 광주리, 포도주, 포트와인,[15] 생수, 코카콜라로 칸칸이 채운 상자를 한 아름 안고 골목을 내려왔다.

모두 열 명 정도였다. 뜰로 난 창에 불이 켜진 좁은 아파트는 발 디딜 틈이 없었다. 까끌까끌한 벨벳 소파가 알코브 안쪽에 놓여 있었다. 2인용 소파에 세 명이 끼어 앉아 음식이 차려진 테이블을 앞에 두고 있었다. 다른 이들은 모양이 제각각인 의자와 풋스툴에 걸터앉았다. 그들은 밤새도록 먹고 마셨다. 넘치도록 풍부했지만, 음식들의 조합은 기괴했다. 사실, 엄격히 따지면, 요리법은 형편없었다. 구운 고기와 새고기에 소스가 하나도 곁들여지지 않았다. 채소라면 튀긴 감자 아니면 삶은 감자였다. 월말에는 파스타 또는 올리브나 안초비를 곁들인 리조토를 먹었다. 다른 요리법은 생각도 하지 않았다. 그들이 한 가장 복잡한 요리는 멜

---

[15] 발효 중에 브랜디를 첨가해 알코올 농도를 높인 과일주.

론 포르토, 바나나 플람베,[16] 크림오이 정도였다. 몇 년이 흘러서야 음식에 예술의 경지까지는 아니더라도 요리법이 존재한다는 것, 그들이 무엇보다 즐겨 먹던 음식들이 실은 아무 맛도 느낄 수 없는 날것에 지나지 않았다는 사실을 비로소 깨달았다.

이것은 그들의 이중성을 다시 확인해주는 것이기도 했다. 그들이 지닌 파티 음식에 대한 이미지는 오랫동안 먹어와서 그것 외에 다른 것은 생각할 수도 없는 학생 식당 음식뿐이었다. 얇고 질긴 스테이크만 먹다 보니 샤토브리앙[17]이나 안심 스테이크를 숭배할 지경에 이르렀다. 소스 없은 고기는 그들의 관심 밖이었다. 게다가 고기 스튜는 오랫동안 멀리했다. 학생 식당에서 먹던 형편없는 스위스 치즈와 젤라틴 같은 잼을 한 숟갈 얹은 소스에 당근 세 토막 사이로 헤엄치던 비계 조각의 기억을 지울 수 없기 때문이었다. 어떻게 보면, 그들은 요리하는 것은 거부하고 눈에 띄는 화려함만을 숭배했다. 그들은 시각적인 화려함과 풍성함을 좋아했다. 오랜 시간을 들여 기껏 형편없는 요리를 선보이

---

16 과일을 달콤한 소스에 버무려 식후에 먹는 프랑스 요리.
17 19세기 프랑스 샤토브리앙 남작의 요리사가 개발한 요리. 최고급 안심 스테이크를 그릴에 구워 샤토브리앙 소스와 함께 먹는다.

는 것을 거부했다. 말하자면, 그들이 거부하는 세계는 프라이팬과 냄비, 식칼, 중국 요리, 화덕의 세계였다. 하지만 종종 샤르퀴트리[18] 앞을 지날 때면 정신을 잃었다. 거기서 파는 것들은 바로 먹을 수 있기 때문이었다. 그들은 파테를 좋아했고, 마요네즈로 보기 좋게 꽃 장식한 마케도니아식 샐러드, 햄말이, 젤리처럼 굳힌 달걀을 좋아했다. 대개 유혹을 견디지 못하고 사 먹었지만, 일단 눈요기를 하고 나면 토마토 한 조각, 파슬리 잎사귀 두 장으로 장식한 젤리에 포크를 대자마자 후회가 밀려왔다. 어쨌거나 팍팍한 달걀일 뿐이었기 때문이다.

무엇보다 영화가 있었다. 분명히, 영화는 그들의 감수성이 온전히 받아들일 수 있는 유일한 영역이었다. 그들은 누구도 모델로 삼을 필요가 없었다. 나이로 보나 받은 교육으로 보나 그들은 영화 1세대에 속했다. 이들에게 영화는 예술 이상으로 하나의 진리였다. 그들은 늘 영화를 보았고 어정쩡한 형태로 아는 것이 아니라 단번에 영화의 걸작과 신

---

[18] 돼지고기 판매점. 주로 훈제 햄, 소세지와 같은 돼지고기 가공류를 파는 상점으로, 생고기를 파는 정육점과는 다르다.

화를 꿰뚫어 알았다. 그들은 자신들이 영화와 함께 성장했다고 느꼈으며, 그들 이전의 누구보다도 영화를 더 잘 이해하고 있다고 생각했다.

그들은 영화광이었다. 영화는 첫째로 꼽는 열정이었다. 거의 매일 밤 영화에 빠져들었다. 화면을 사랑했다. 장면이 조금이라도 아름다우면, 조금이라도 마음을 끌어당기고, 매혹적이고, 사로잡는 면이 있으면 그만이었다. 공간과 시간, 움직임을 새로 알아가는 재미에 푹 빠졌다. 뉴욕 거리의 소용돌이와 열대 지방의 나른함, 술집의 폭력이 재미있었다. 그들은 무턱대고 에이젠슈타인이나, 브뉘엘, 안토니오니, 아니면 카르네, 비더, 알드리치, 히치콕 같은 사람들을 맹목적으로 숭배하는 둔한 마니아층이 아니었다. 그렇다고 절충주의자도 아니었다. 비평 능력을 상실한 이 유치한 축들은 스카이블루를 하늘색으로 표현했다고, 시드 채리스가 입은 밝은 빨강 원피스가 로버트 테일러의 짙은 빨간색 소파와 선명한 대비를 이뤘다고 극찬하는 이들이었다. 실비와 제롬, 그 친구들은 취향이 분명했다. 소위 진지하다는 영화를 특별히 경계했다. 이러한 그들의 분류는 이 타이틀을 달지 않은 필름들을 더 돋보이게 했다. (어쨌든 그들이 옳긴 옳았다. 「지난 해 마리앙바드에서」, 쓰레기 같은 영화!) 그들은 서부극, 스릴러, 미국 코미디물에 대해서는 지나친 호의를 보였다. 마찬가지로 신기한 모험물에 열광했는데 내용의 비약과 화려한 화면, 설명 불가능하리만치 강렬한 아름다움으로 과장된 영화들이었다. 이런 영화 중에「롤라」,「보와니 분기점」,「배드 앤 뷰티」,「바람에 쓴 편지」 같은 것은 이들의 기억 속에 늘 남아 있었다.

  콘서트는 어쩌다 가는 편이었고, 연극은 거의 보지 않았다. 하지만 약속 없이도 파시나 나폴레옹, 시네마테크, 아니면 고블랭의 쾨르살, 몽파르나스의 텍사스, 클리쉬 광장의 비키니, 멕시코, 벨빌의 알카자르같이 동네의 작은 영화관에서 만날 수 있었다. 또 바스티유 근처나 15구의 영화관들이 있었다. 이곳은 실업자, 알제리인, 노총각, 영화광이나 관객으로 들 것같이 볼품없고 시설이 엉망이었다. 그들이 열다섯 살 때부터 기억하는 숨은 명작들, 머릿속에 리스트를 넣고 다니면서 수년 전부터 보려고 수소문하던 걸작들을 이곳에서 조잡한 더빙판으로 볼 수 있었다. 그들은 우연히「진홍의 해적」,「세계를 그의 품안에」,「밤 그리고 도시」,「마이 시스터 에일린」,「T 박사의 피아노 레슨」을 보았던, 또는 다시 보았던 축복받은 밤에 대한 감탄의 기억을 간직하고 있었다. 아, 슬프게도 지독히 실망하는 경우가 훨씬 더 많았던 것이 사실이다. 매주 수요일,《오피시엘 데 스펙타클》이 나오자마자 떨리는 손으로 책장을 넘기다 보면 오랫동안 고대해온 영화들, 감탄을 자아내는 작품이라 평이 나 있는 영화들, 마침내 이런 영화들을 만나는 경우가 있었다. 그들은 상영 첫날 만원인 관객들 틈에서 만났다. 스크린에 불이 밝혀지면 기분 좋은 전율을 느꼈다. 하지만 컬러는 바랬고, 화면은 끊겼으며, 여주인공들은 보기 싫을 정도로 늙어 있었다. 그들은 나왔다. 슬펐다. 상상하던 영화가 아니었다. 그들 각자가 상상하던 완전한 영화가 아니었다. 영원히 싫증을 내지 않으리라 생각하던 완벽한 영화가 아니었다. 그들이 만들고 싶어 하던 그 영화. 아니, 더 은밀히, 그렇게 살아보고 싶어 하던 그 영화가 아니었다.

5

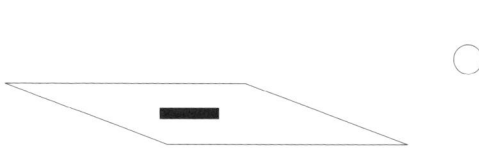

　그들과 친구들은 이렇게 살았다. 작고 뒤죽박죽인 아파트였지만 산책과 영화, 함께하는 우정 어린 식사, 멋진 계획 들이 있어 달콤했다. 그들은 불행하지 않았다. 찰나적이고 아스라한 삶의 행복들이 일상에 빛을 비추었다. 어떤 날은 저녁 식사를 마치고도 자리를 뜰 줄 몰랐다. 포도주병을 비우고, 안주를 씹으며, 담배에 불을 붙였다. 어떤 밤에는 잠들지 못하고 베개에 편히 기대 반쯤 누운 상태로 재떨이를 사이에 둔 채, 날이 새도록 이야기를 나누었다. 어떤 날은 몇 시간이고 쉴 새 없이 수다를 떨며 산책을 했다. 쇼윈도 앞에서 웃으며 서로를 바라보았다. 모든 것이 완벽해 보였다. 거침없이 돌아다니고 민첩하게 움직였다. 시간도 이제는 그들에게 어쩌지 못하는 것 같았다. 바람이 많이 부는 춥고 맑은 어느 날, 옷을 두툼히 입고 저물녘 길가에서 친구 집을 향해 여유 있게 걸으면 그만이었다. 그럴 때면, 담뱃불을 붙이거나, 군밤 한 봉지를 사고, 역 입구의 인파를 뚫고 빠져나오는 사소한 행동들이 고갈되지 않는 행복의 확실한 증거처럼 보였다.

또 어느 여름밤, 낯선 거리를 오랫동안 쏘다녔다. 하늘 높이 걸린 보름달이 만물에 소리 없이 빛을 던지고 있었다. 인적이 끊긴, 길게 뻗은 큰길로 그들이 동시에 내딛는 발걸음 소리가 널리 퍼져나갔다. 어쩌다 보이는 택시들이 천천히 소리도 없이 지나갔다. 그럴 때면 자신들이 세상의 주인이 된 것 같았다. 마치 굉장한 비밀이나 어마어마한 힘을 소유하기라도 한 것처럼 알 수 없는 흥분을 느꼈다. 손에 손을 잡고 갑자기 뛰기 시작하거나 돌 차기를 했다. 아니면 보도를 따라 한 발 뛰기를 하고, 「코시 판 투테」[19]나 바흐의 「B 단조 미사」를 한목소리로 목청껏 불렀다.

작은 레스토랑의 문을 살며시 밀며 늘 한결같은 즐거움을 느끼기도 했다. 따뜻한 분위기, 포크 소리, 잔 부딪히는 소리, 낮은 속삭임, 하얀 테이블보가 주는 포근한 분위기에

---

[19] 모차르트의 오페라 작품.

젖도록 자신들을 내맡겼다. 짐짓 심각하게 포도주를 고르고 냅킨을 펴며, 따뜻한 곳에 머리를 맞대고 앉아, 금방 끄게 될 담배에 불을 붙여 물고 있으면 전채 요리가 나왔다. 삶이 이런 달콤한 순간의 연속일 것 같고 자신들이 늘 행복할 것 같았다. 자신들은 그럴 만하고 유연할 줄 알며 그들 안에 행복이 있기 때문이었다. 얼굴을 맞대고 앉아 있다가 허기를 느껴 먹을 것을 앞에 두고 있으면, 이 모든 것들, 가령 두꺼운 하얀 테이블보, 파란 지탄 담뱃갑, 자기 접시, 묵직한 포크와 나이프, 와인 잔, 갓 구운 빵이 가득한 버들 광주리 같은 것들이 무감각해져버린 뿌리 깊은 즐거움에 새로움을 더해주었다. 이때는 속도감과 거리가 먼 놀라운 안정감과 충만함에 가까운 감정을 느꼈다. 이렇게 차려진 테이블에서 그들은 완전한 동시대성을 맛보았다. 그들은 세상과 결합되어 있었고, 몸담고 있었다. 편안했다. 두려울 것이 없었다.

그들은 다른 사람보다 유리한 신호들을 더 잘 알아채고, 때로 조장할 줄도 아는 것 같았다. 귀와 손가락, 혀가 마치 매복 상태로 조만간 촉발될 이 달콤한 순간들을 기다리고 있는 듯했다. 평온함과 영원함이라는 감정에 몸을 맡기고 있을 때는 어떤 긴장도 끼어들지 못했다. 모든 것이 조화로였다. 모든 것이 감미롭게 천천히 흘러갔다. 강렬한 기쁨이 일시적이고 불안정한 것들을 고양시키는 것 같았다. 하지만 이런 조화로운 상태가 무너지는 것은 순간이었다. 사소한 불협화음, 대수롭지 않은 주저의 순간들, 무례한 태도만으로도 그들의 행복은 무너져 내렸다. 원래의 상태로 돌아갔다. 일종의 계약, 그들이 대가를 지불했던 무엇, 불안정하고 딱한 무엇인가, 잠깐의 행복한 순간이 사라지면서 그들은 더 위험하고 더 불확실해 보이는 일상과 삶으로 내동댕이쳐졌다.

설문 조사 작업에서 신경 쓰이는 점은 이 일이 오래가지 못하리라는 사실이었다. 제롬과 실비는 언젠가 선택의 순간을 맞이하게 될 것이었다. 실직, 불완전 고용을 맛볼 것이냐, 아니면 확고하게 에이전시에 소속될 것이냐, 정규직으로 입사해 간부직으로 갈 것이냐를 결정해야 했다. 또는 분야를 바꾸어 다른 일자리를 찾아야 했다. 하지만 이는 문제를 유보할 따름이었다. 사람들은 흔히 아직 서른이 되지 않은 청년들이 지닌 독립성과 자기 방식대로 일할 줄 아는 융통성과 열린 사고, 다양한 경험, 다면성을 높이 사다가도, 일단 서른 고개를 넘어서면(정확히 서른을 분기점으로), 미래의 동반자들에게 확실한 안정성, 시간 엄수라든가 진지한 태도, 자기통제와 같은 것을 증명하도록 요구하기 때문이었다. 특히 광고 분야에서 고용주들은 단지 지원자가 서른다섯이 넘었다는 이유로 채용을 거부하지는 않았지만, 나이가 서른이 되도록 어디에도 소속되지 않은 사람에게 선뜻 신뢰를 보내지도 않았다. 아무 일도 없다는 듯 계속해서 임시직에 머물 것이냐 하면 이 역시 불가능했다. 불안정성은 중요하지 않았다. 다만 서른이 되었을 때 자리를 잡고 있느냐, 아니면 별 볼 일 없는 채로 남느냐 하는 문제였다. 자리를 잡지 못하면 출세를 못 하고, 자신의 분야를 파고들지 않으면, 자신만의 방법이 없으면, 사무실도 간판도 기대할 수 없었다.

제롬과 실비는 이 문제에 대해 자주 생각했다. 앞으로 몇 년간의 여유가 더 있었지만, 자신들이 영위하는 삶과 그들이 맛본 다분히 상대적인 평화가 저절로 얻어질 것은 아니었다. 모든 게 마모되어 갈 것이다. 아무것도 남지 않을 것이다. 일에 치여 지낸다고 생각하지는 않았다. 생활은 안정적이었다. 일감이 떨어지지 않는 한 그럭저럭, 근근이, 평균적으로 지낼 만했다. 하지만, 이 상태가 계속되지는 않을 것이었다.

언제까지 단순 설문 조사자로 살 수는 없었다. 준비 과정을 밟고 나면, 사회심리학자는 짧은 시간 안에 높은 위치에 오를 수 있었다. 에이전시의 총책임자나 부책임자가 될 수도 있고, 아니면 대기업에서 모두가 탐내는 인사팀장이나 총무팀, 사회 업무팀, 또는 사업 정책팀의 책임자가 될 수도 있었다. 상상만 해도 멋졌다. 카펫이 깔린 사무실에 전화기 두 대와 인터폰, 냉장고를 들이고 벽에는 베르나르 뷔페의 그림을 걸 수도 있으리라.

아, 제롬과 실비는 일하지 않는 자는 먹지도 말아야 한다고 입버릇처럼 말했다. 하지만 일하는 자는 분명히 더 이상 삶을 영위하는 것이 아니었다. 예전에 한 몇 주간의 경험으로 이 사실을 깨달았다. 실비는 연구소에서 자료 조사 정리 일을 하고 제롬은 인터뷰 정리 분석 일을 맡았었다. 근무 조건은 상상 이상이었다. 원하는 시간에 출근하고, 사무실에서 신문을 읽고, 맥주나 커피를 마시러 자주 내려갔다. 자신들이 하는 일이 마음에 들었다. 마감 날짜를 끌면서 제대로 작성된 확실한 고용계약과 빠른 승진에 대한 막연한 기대감을 키워갔다. 하지만 오래가지 못했다. 그들의 꿈은 여지없이 깨졌다. 매일 저녁, 만원인 지하철을 타고 돌아오는 길은 불만투성이였다. 씻지도 않고 멍한 상태로 아무렇게나 간이침대에 쓰러졌다. 오직 긴 주말과 빈둥거릴 수 있는 날, 여유로운 아침만을 꿈꾸게 되었다.

덫에 걸린 쥐처럼 사방이 막힌 듯했다. 그들은 단념하지 않을 수 없었다. 여전히 많은 기회가 있으리라 믿었다. 정해진 근무시간, 그날이 그날 같은 일상을 하나의 족쇄처럼 여기고, 이를 지옥이라 부르는 데 주저하지 않았다. 하지만 뭐라 해도 이런 과정이 성공으로 가는 초석임은 분명했다. 창창한 미래가 그들 앞에 펼쳐질 것이다. 그들에게 일생일대의 순간이 마침내 찾아오리라. 그 순간이 되면 사장은 전도유망한 젊은이를 알아보고 자신이 이들을 붙잡은 것을 행운으로 여기며 자신의 후계자로 키우기 시작하리라. 그들을 저녁 식사에 초대하고 허물없이 대하면서 손쉽게 황금빛 문을 열어주리라.

그들은 바보였다. 아, 얼마나 수없이 되뇌었던가. 자신들이 바보 같다고, 틀렸다고, 악착같이 달려들고 기어오르는 다른 사람들보다 정신을 덜 차렸다고 말이다. 하지만 아무 일도 하지 않으며 보내는 날들, 게으름 피우며 눈뜨는 아침, 침대 한쪽에 추리소설과 공상과학 소설책을 쌓아놓고 뒹구는 아침나절, 한밤중에 센 강변을 따라 걷는 산책, 문득 가슴 벅차게 차오르는 자유의 느낌, 지방으로 설문 조사를 나설 때마다 드는 휴가 기분을 사랑했다.

물론 그들도 이 모두가 거짓이라는 것, 그들이 갖는 자유의 기분이 환상에 불과하다는 것쯤은 알고 있었다. 흔히 있는 일이지만, 에이전시가 파산하거나 다른 큰 회사로 넘어가게 되면, 일감을 찾아 미친 듯이 헤매야 했고, 주말이면 담배 개비도 세면서 피우고, 저녁 식사 얻어먹을 궁리를 해야 하는 날이 많았다.

그들은 세상에서 가장 흔하고도 가장 어처구니없는 상황에 놓여 있었다. 하지만 상황이 그러함을 아는 것은 아무 소용 없었다. 그것이 그들의 처지였다. 일과 자유의 대립 관계를 엄격히 따지던 시기는 지난 지 오래라고 사람들은 말하지만, 그들에게는 그것이 무엇보다 직장을 선택하는 데 중요한 요소였다.

일단 돈을 벌겠다고 선택한 사람들, 부자가 되고 난 이후로 자신들의 진짜 계획을 미뤄둔 사람들이 완전히 틀린 것은 아니다. 누리기만을 원하는 사람들, 삶이란 최대한의 자유로서 행복의 추구와 욕망, 본능의 절대적 충족, 세상의 무한한 부를 당장 사용하는 것이라고 생각하는 사람들(제롬과 실비는 이런 종류의 거대한 계획을 세우고 있었다), 이런 이들은 늘 불행하다. 사실 이런 딜레마에 시달리지 않는 사람들이 존재하기도 한다. 가령 너무 가난해서 조금 더 잘 먹고 조금 나은 집에 살면서 조금 적게 일하는 것 이상을 바라지 않거나, 혹은 처음부터 아주 부자여서 이런 괴리를 이해하지 못하고 이 같은 차이가 무엇을 의미하는지 모르는 사람들이 있다. 하지만 오늘날 현대사회는 사람들이 점점 부유하지도 가난하지도 않게 되어가고 있다. 누구나 부를 꿈꾸고 부자가 될 수 있는 시대이다. 여기서 불행이 시작된다.

자, 학업을 마치고 명예롭게 국방의 의무를 완수한 한 청년이 태어날 때와 마찬가지로 무일푼인 채로 스물다섯이 되었다고 하자. 하지만 빠른 계산으로 자신이 생각할 수 있는 이상의 돈을 가진 것처럼 상상하게 된다. 즉, 앞으로 아파트며 시골의 별장, 자동차, 하이파이 스테레오를 갖게 될 것이 분명하다. 하지만 유감스럽게도 이런 장밋빛 약속은 늘 기다려야 한다. 이에 대해 잘 생각해 보면, 이런 소유는 속성상 결혼, 아이, 가치관의 변화, 사회적 태도 및 행동의 변화와 맞물려 같은 박자로 진행된다. 요컨대 이 젊은이는 자리를 잡을 것이고, 그러기까지 족히 15년이 걸릴 것이다.

이런 전망은 아무런 위로가 되지 못한다. 누구도 원망 없이 이를 받아들이지 못한다. 사회 초년병인 이 젊은이는 말할 것이다. 뭐라고, 꽃이 만발한 들판을 거니는 대신 창 달린 사무실 책상 뒤에서 좋은 시절을 다 보내라고? 승진 발표 전날 희망에 들떠 가슴 졸이라고? 계산적이 되어 술책을 부리고 화를 꾹 참아내라고? 시를 꿈꾸고 야간 열차와 따뜻한 모래사장을 상상하는 내가? 젊은이는 마음을 달래며 할부 판매의 덫에 걸려든다. 그 이후로 그는 제대로 걸려들어 빠져나오지 못한다. 그에게는 인내로 무장하는 일만 남는다. 아, 마침내 인내심이 한계에 다다를 때쯤이면, 청년은 더 이상 젊지 않고 불행에 가득 차서, 인생이 저 멀리 사라져버렸음을 느낄 것이다. 그에게 삶은 목적이 아닌 고생일 뿐이다. 느린 승진이 가르쳐준 값진 경험으로, 몸을 사릴 만큼 현명해지고 신중해져서 더 이상 이러저러한 발언을 삼가게 될 것이다. 그렇다고 해도 남는 것은 마흔 줄에 들어섰다는 것과 노동에 할애하지 않는 알량한 시간을 채워줄 집과 별장, 아이들 교육뿐이리라…….

제롬과 실비의 생각에 조바심이야말로 20세기의 특징인 것 같았다. 나이 스물에 삶이란 감춰진 행복들의 총합, 삶이 허락하는 한 끝없이 계속될 성취라는 것을 보았을 때, 아니 봤다고 생각했을 때, 자신들에게 기다릴 힘이 없으리라는 사실을 알았다. 다른 모든 사람처럼 도달할 수 있었다. 하지만 그들은 도달된 상태만을 원했다. 아마 이 점에서 이들이 소위 지식인 축에 낄 수도 있을 것이다.

모두가 그들을 비난했고 무엇보다 삶 자체가 그러했기 때문이다. 그들은 삶을 누리고 싶었다. 하지만 그들을 둘러싼 사방에서 삶을 누리는 것과 소유하는 것을 혼동했다. 그들은 시간의 여유를 갖고 싶었고 세상과 거리를 누고 싶어 했지만, 그들에게 무엇 하나 가져다주지 않는 세월은 마냥 흐르기만 했다. 결국, 다른 이들이 삶에서 단 하나의 성취로 부를 꼽게 되었을 때, 그들은 돈 한 푼 없는 신세가 되고 말았다.

자신들이 가장 불행한 것은 아니라고 자위했다. 아마 옳은 말일 것이다. 하지만 현대사회는 타인의 불행을 지워버림으로써 본인의 불행을 확대해 보여주기 마련이다. 그들은 별 볼 일 없었다. 겨우 벌고, 프리랜서로 일하며 뜬구름 잡는 축이었다. 다른 한편으로, 어떤 의미에서 세월이 그들 편인 것은 사실이었다. 감정을 자극하는 이미지의 세상이 온 것이다. 그들이 생각하기에 보잘것없는 위안이었다.

6

그들은 임시 상태에 안주해버렸다. 학생들이 공부하듯 일했다. 일과 시간을 선택했다. 학생들처럼 어슬렁댔다.

위험이 사방에 도사리고 있었다. 자신들의 삶이 행복하기를 원했다. 대개의 경우 위태로운 행복이었다. 그들은 아직 젊었다. 하지만 시간은 너무 빨리 흘렀다. 나이 많은 학생, 이는 끔찍했다. 낙오자, 무능력자, 이는 더욱 끔찍했다. 두려웠다.

그들은 시간의 여유가 있었다. 그러나 시간은 호의적이지 않았다. 가스비를 내고, 전기료와 전화 요금을 지불해야 했다. 매일 먹어야 했다. 옷을 입고, 벽을 새로 칠하고, 침대 시트를 갈아야 했다. 세탁물을 주고 와이셔츠 다림질을 맡겨야 했으며 신발을 사야 했다. 기차를 타고, 가구를 들여야 했다.

　돈을 아끼는 일은 종종 그들을 완전히 지치게 했다. 끊임없이 그에 대해 생각했다. 애정 생활조차 대개 경제 상태에 달려 있었다. 조금만 더 돈이 있고, 조금만 더 상황이 나으면 함께하는 행복이 흔들리지 않으리라는 생각뿐이었다. 어떤 억압도 그들의 사랑을 막을 수 없을 것 같았다. 그들의 취향과 환상, 상상과 욕구는 둘의 자유로운 기질과 마치 하나인 듯 어우러졌다. 하지만 이런 순간들은 특별한 경우였다. 대개는 싸우는 때가 더 많았다. 돈이 부족하기 시작하면 서로에게 날카로워졌다. 아무것도 아닌 일에 신경을 곤두세워서, 가령 허투루 쓴 100프랑이나 양말 한 켤레, 내버려둔 설거지 따위로 싸웠다. 그러면 몇 시간이고, 며칠이고 서로 말을 하지 않았다. 얼굴을 맞대고도 쳐다보지 않으면서 각자 만든 식사를 해치웠다. 소파 양 끝에 등을 반쯤 돌린 채 앉았다. 어느 편에서건 냉전을 성공적으로 이어갔다.
　그들 사이에 돈이 가로막고 있었다. 그것은 벽이었다. 매번 부딪히게 되는 일종의 범퍼 같았다. 가난보다 더 끔찍한 것은 궁색함, 옹졸함, 얄팍함이었다. 일어날 것 같지 않은 기적이나 사상누각에 세운 어리석은 꿈 외에 다른 출구가 없어 보였다. 미래 없는 꽉 막힌 삶으로 암울한 세계를 살아가고 있었다. 질식할 것 같았다. 침몰하는 느낌이었다.

분명, 새로 나온 책이나 영화감독, 전쟁과 같은 다른 주제로 이야기할 수 있었지만, 그들의 진정한 대화는 돈과 안락함, 행복이라는 주제에서 맴도는 듯했다. 그러면 목소리 톤이 높아지고, 긴장이 고조되어갔다. 서로 동시에 말을 했다. 그들 안에 있던 불가능한 일들과 도달할 수 없는 것들, 비참한 것들을 곱씹었다. 발끈했다. 너무 같은 생각에 매달렸다. 속으로 서로가 문제의 원인이라고 생각했다. 휴가와 여행, 아파트 계획을 세우다가도 성질을 부리며 집어치웠다. 그들의 실제 삶이 현실에서는 마치 존재하지 않거나 허물어질 것 같았다. 입을 다물었다. 침묵은 불만의 표시였다. 삶을 원망하고, 때로는 유치하게 서로를 원망했다. 중단한 학업에 대해 생각하고, 내키지 않는 휴가와 별 볼 일 없는 인생, 뒤죽박죽인 아파트, 불가능한 꿈에 대해 생각했다. 서로를 바라보았다. 지저분한 데다가 아무렇게나 입고, 여유라곤 찾아볼 수 없을 만큼 표정도 사나웠다. 길에는 그들 옆으로 자동차들이 미끄러지듯 굴러갔다. 광장에는 네온사인이 차례로 불을 밝혔다. 카페테라스에 앉아 있는 사람들이 만족한 물고기처럼 보였다. 그들은 세상을 증오했다. 지칠 대로 지쳐 걸어 돌아왔다. 아무 말 없이 잠자리에 들었다.

어느 날 무엇인가 삐걱거리면, 가령 에이전시가 문을 닫거나 업무에서 늦고 불성실하다는 평가를 받으면, 또 둘 중의 하나라도 아프면 모든 것이 무너져 내렸다. 가진 것이 하나도 없었다. 자주 이런 고통스러운 문제에 대해 고민했다. 생각하지 않으려 해도 계속 같은 문제로 돌아왔다. 몇 달 동안 일거리 없이 지내면서 살아남기 위해 허드렛일을 하고, 돈을 꾸고, 구걸하다시피 했다. 가끔은 극심한 절망에 빠지기도 했다. 사무실과 안정된 자리, 규칙적인 일과와 확실한 지위를 꿈꿨다. 하지만 정반대의 상황이 그들을 더욱 낙심하게 했다. 낯빛이 좋기는 해도 안정된 사람의 모습은 아니었다. 사회의 서열 관계를 증오하기로 작정했다. 기적으로라도 해결책은 세상이나 역사로부터 나와야 한다고 생각했다. 롤러코스터 같은 삶이 계속되었다. 이것이 그들의 기질에 맞는 것이기도 했다. 불완전한 세계에서 그들의 삶이 가장 불완전한 것은 아니라고 쉽게 넘겨버렸다. 근근이 살아갔다. 돈을 쉽게 써버렸다. 사흘 일해 번 돈을 여섯 시간 만에 써버리기도 했다. 자주 꾸러 다녔다. 형편없는 감자튀김을 먹고, 마지막 담배 한 개비를 나눠 피웠다. 지하철표 한 장을 찾으려 두 시간 동안 뒤지기도 하고, 꾀죄죄한 셔츠를 입는가 하면, 못 쓰게 된 음반을 듣고, 히치하이킹으로 여행을 했다. 한 달 넘게 침대 시트를 갈지 않고 지냈다. 그래도 인생은 살 만하다고 생각했다.

7

친구들과 어울려 자신들의 삶과 습관, 장래에 관한 이야기를 꺼낼 때나 열에 들떠 세상을 개선하겠다고 청사진을 그릴 때면 자신 없는 태도로 생각이 분명치 않다며 물러서곤 했다. 그들의 세계관은 확고하지 않았다. 그들이 내세우는 명료한 사고는 변덕스럽게 변하거나 모호한 절충안을 제시하고 지나치게 여러 가지를 고려할 때가 많아서, 원래의 좋은 의도를 흐리거나 약화시키고, 심지어 가치를 떨어뜨리기 일쑤였다.

미래, 앞을 내다볼 수 없음이 자신과 자신들 세대를 가장 잘 정의하는 것이라고 생각했다. 이전 세대는 스스로에 대해서나 세계에 대해 분명한 가치관을 지녔으리라 짐작했다. 자신들이 스페인 내전이나 레지스탕스 시대에 스무 살이었으면 좋았을 텐데라고 말하곤 했다. 사실 그에 대해 마음대로 떠들어댔다. 당시의 문제들, 답해야 한다는 압박이 훨씬 심했을지라도, 당시에 맞닥뜨려야만 했을 문제들이 더 분명해 보였다. 자신들은 함정이 놓인 문제에 둘러싸였을 뿐이었다.

이런 생각은 다소 위선적인 회한이었다. 알제리 전쟁이 그들 세대에 발발했고, 여전히 진행 중이기 때문이었다. 전쟁은 그들에게 거의 영향을 미치지 못했다. 행동을 취할 때도 있었다. 하지만 행동에 대한 의무감을 느끼는 경우는 거의 없었다. 자신들의 인생과 장래, 가치관이 하루아침에 흔들릴 수 있다는 생각은 그때까지 해보지 못했다. 과거에는 어느 정도 들어맞았다. 학창 시절, 열의에 차서 자발적으로 전쟁의 시작과 예비역 소집, 골리즘[20]의 도래를 알리는 모임과 거리 시위에 나섰다. 행동에 한계는 있었지만, 행동과 목적 사이의 관계는 전혀 계산적이지 않았다. 직접적이고 즉각적이었다. 이런 경우, 그들이 틀리더라도 심하게 비난할 수 없으리라. 전쟁은 계속되었고, 골리즘이 자리를 잡았으

---

[20] 프랑스 대통령 드골이 주창한 정치사상을 이르는 말. 군비 강화와 강력한 대통령 중심제, 민족주의 외교정책 등이 주요 내용이다.

며, 제롬과 실비는 학업을 그만두었다. 광고계는 지나칠 정도로 좌파 성향을 표방했지만, 실은 과학기술 중심주의나 효율성, 현대성, 복합성에 대한 추종, 미래 전망의 성격을 띠었으며, 사회학으로 대중을 호도하려는 성향이 강했다. 또 대중에 대해서 이것저것, 이 사람 저 사람 가리지 않고 마구잡이로 칭송할 준비가 되어 있는 머저리라고 깎아내리는 것이 일반적인 생각이었다. 여기서는 미봉책들을 비난하고 역사를 거시적으로 바라보는 것이 올바른 태도로 받아들여졌다. 게다가 어쨌든 골리즘이 적절한 해결책이었다. 사방에서 들고 나오는 해결책과 비교할 수 없을 만큼 훨씬 역동적이고 추진력 있는 방책이었다. 사실, 위험은 사람들의 예상과는 다른 곳에 도사리고 있기 마련이다.

   전쟁은 그들 안중에 없고 부차적인 것에 지나지 않았지만, 어쨌든 계속되었다. 분명히 양심의 가책은 있었다. 하지만 예전에 자신들이 관여했다는 사실을 기억해내는 정도의 책임감 이상을 느끼지 못했다. 원인이라면 평범한 사람들이 관심을 두는 범위에서 윤리적인 책임 의식을 지니는 정도이기 때문이기도 했다. 그들이 갖고 있는 많은 열정과 비교해볼 때, 이런 종류의 무관심은 허영이나 나약함으로 비칠 수 있었다. 그러나 그것은 문제가 되지 않았다. 옛 친구들이 소극적으로나 혹은 투신해서 '민족해방전선'[21]에 가담하는 것을 보고 놀라움을 감추지 못했다. 시답지 않은 낭만적 설명이나 알아들을 수 없는 정치적 설명에 전혀 귀 기울이지 않았기 때문에 다른 사람들이 왜 그러는지 이해하지 못했다. 그들은 훨씬 간단히 문제를 해결했다. 제롬과 친구 세 명은 비싼 값에 허위 증명서를 발급받아 제때에 병역면제 처분을 받는 데 성공했다.

그럼에도, 알제리 전쟁이야말로 거의 2년간 그들을 자신의 문제로부터 보호해준 셈이라고 할 수 있었다. 훨씬 추하게 아니면 훨씬 빨리 늙어버렸을지도 모를 일이었다. 재미 삼아 가장 암울하게 그려보던 자신들의 미래에서 얼마간 벗어날 수 있었던 것은 뭐라 해도 그들의 결정이나 의지, 기질 때문이 아니었다. 1961년과 1962년에 일어난 알제 무장 폭동부터 샤론 사건[22]에 이르기까지 전쟁의 종말을 알리는 일련의 사건들로 인해 일상의 걱정거리에서 잠

---

21 알제리의 정당 '알제리민족해방전선'을 뜻한다. 프랑스 식민지 시절에는 급진적 사회주의를 표방하며 독립운동을 전개했고, 독립 후에는 유일한 합법 정당이 되었다.
22 1962년 2월 8일, 파리 샤론 지하철에서 벌어진 OAS(알제리 독립에 반대하는 프랑스 극우파 무장단체)에 대한 반대 시위를 진압하는 과정에서 경찰의 발포로 여덟 명이 사망한 사건.

시나마 완전히 벗어날 수 있었다. 가장 비관적인 전망들, 가령 결코 궁지를 벗어나지 못하는 건 아닌가, 진창에서 허우적대다 끝나는 건 아닌가, 궁색한 삶을 벗어나지 못하면 어쩌나 하는 두려움이 눈앞에서 일어나는 사건들, 매일 그들을 위협하는 사건에 비하면 아무것도 아닌 것처럼 보였다.

슬프고 잔인한 시대였다. 주부들은 설탕, 오일, 참치 통조림, 커피, 농축 우유를 사재기했다. 철모를 쓰고, 검은 방수복에 군화를 신고 손에는 단총을 든 기동 헌병 분대가 세바스토폴가를 따라 천천히 움직이는 일이 많았다. 과민한 사람들 눈에 풍기 문란자나 사회 전복자 혹은 자유주의자들로 비칠 만한 신문이나 잡지, 가령 《르 몽드》, 《리베라시옹》, 《프랑스 옵세르바퇴르》의 과월호들을 자동차 뒤에 쌓아두고 다닐 때가 많았기 때문에 제롬과 실비, 친구들은 남모를 두려움과 불안한 상상에 시달리곤 했다. 상상 속에서 누군가 그들을 미행해 자동차 번호판을 적어 가고 감시하다가 덫을 놓는다. 술 취한 외인 부대원 다섯 명이 악명 높은 동네의 음침한 길모퉁이에서 그들을 급습해 덮치고는 축축한 길바닥에 죽은 사람처럼 내동댕이친다…….

일상이 되어버린 이런 종류의 희생 사건들이 머릿속을 떠나지 않았다. 그들뿐만 아니라 사회 전체가 그렇게 느끼는 것 같았다. 하루하루, 사건과 생각이 그 같은 일들로 얼룩졌다. 피와 폭발, 폭력, 테러 장면들에 시달렸다. 어떤 때는 뭐든 할 각오가 되어 있다가도 그다음 날이면 삶이 위태롭고 미래가 암울해 보였다. 탈출과 전원생활을 꿈꿨다. 여유 있는 유람선 여행을 떠나고 싶었다. 경찰이 인권을 존중한다는 평판으로 유명한 영국에 살았으면 했다. 겨우내, 전세가 휴전으로 치달아감에 따라 다가올 봄과 휴가, 이듬해를 꿈꿨다. 언론이 말하는 것처럼, 죽고 죽이는 화기가 사그라지면서 평온한 마음과 온전한 몸으로 한가로이 거닐고 한밤중에도 산책을 다시 나설 수 있을 것 같았다.

긴박하게 돌아가는 사태에서 오는 압박감 탓에 그들 역시 정치적 견해를 밝혀야 했다. 물론 그들의 참여는 피상적인 것에 지나지 않았다. 단 한 번도 깊은 관심을 가져본 적이 없었다. 그들의 정치의식은, 정치의식이라는 것이 그들에게 있는 한에서, 어느 정도 색깔이 분명하고 다양한 의견의 걸러지지 않은 총체라기보다는 계획적이고 사색적인 성격을 띠었다. 알제리 문제의 이쪽과 저쪽 양편을 들고, 현실적이기보다는 이상적이었으며, 그들 자신도 유감스러워하며 인정하는 것처럼 계획적인 실천으로 나아가지 못하고 평범한 토론에 머물렀다. 그럼에도, 자신들의 지역에서 막 조직되기 시작한 반파시스트 위원회에 가입했다. 어떤 때는 새벽 5시면 일어나 서너 명씩 짝을 지어 시민들에게 깨어 있을 것을 촉구하고, 처벌받아야 할 사람들과 그들의 공모를 비난하며, 느슨해진 공격을 규탄하고, 무고한 희생자들을 추모하는 벽보를 붙이러 다녔다. 집집이 탄원서를 돌리고, 위협에 시달리는 집들의 보초를 서너 차례 서기도 했다.

시위에 몇 번 참가했다. 당시 버스들은 번호판 없이 다니고 카페는 일찍 문을 닫았다. 사람들은 서둘러 집으로 들어갔다. 그들은 온종일 두려웠다. 불편한 마음으로 거리에 나왔다. 5시, 가는 빗방울이 떨어지고 있었다. 어색하게 희미한 미소를 지으며 다른 시위자들을 쳐다보았다. 친구들을 찾으려 애쓰고, 화제를 돌려보려 했다. 대열이 짜이고, 움직이기 시작하다가 멈춰 섰다. 군중 틈에서 자신들 앞으로 축축하고 음울한 아스팔트가 넓게 펼쳐진 것이 보였다. 그리고 기동대가 거리를 가로질러 빽빽하게 검은 띠처럼 늘어선 것이 보였다. 쇠창살 친 유리창이 달린 검푸른색 트럭들의 행렬이 저 멀리 지나갔다. 그들은 서로 손을 잡고 식은땀을 흘리며, 감히 소리도 지르지 못하고 제자리걸음만 하다가 첫 신호가 떨어지자 흩어져 달려 나갔다. 별것 아니었다. 그들은 누구보다 그 점을 먼저 알아챘다. 군중 틈에서 춥고 비도 내리는데 바스티유, 나시옹, 오텔 드 빌 같은 음울한 거리에서 자신들이 도대체 뭘 하는 것인지 자문했다. 자신들이 하는 일이 중요하고, 필요하며, 둘도 없이 소중한 일이라는 것을 증명할 만한 무엇인가를 원했다. 두려움에 찬 노력이 의미 있고 자신들이 필요로 하던 그 무엇이기를, 자기 자신을 알게 해주며 변화를 가져다주고 살게끔 해주는 무엇이기를 원했다. 하지만 어림없는 일이었다. 그들의 진짜 삶은 다른 곳에 있었다. 멀지 않은 장래에 온갖 위험, 알아채기 어려운 덫, 주문(呪文)에 싸인 계략과 같이 훨씬 미묘하고 은밀한 형태의 위험이 도사리고 있었다.

이시레물리노에서 있었던 습격 사건과 그에 뒤이은 짤막한 시위가 그들의 전투적 행동의 마지막이었다. 반파시스트 위원회는 한 번 더 모임을 가지고 행동을 강화하기로 결의했다. 하지만, 휴가철이 다가오자 단순한 경각심마저도 더 이상 설 자리가 없어진 것 같았다.

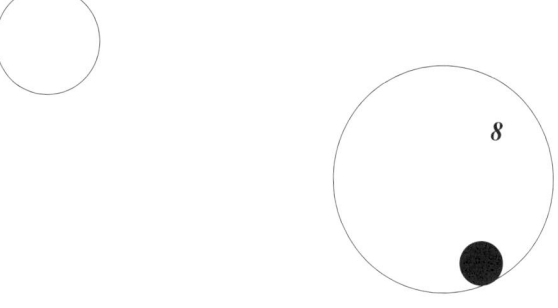

8

전쟁이 끝났지만, 무엇이 변했는지 정확히 알 수 없었다. 그들의 뇌리에 오랫동안 남은 유일한 인상은 무엇인가 완료, 종말, 결론에 도달했다는 것이었다. 해피 엔딩이나 극적인 결말 대신 따분하고 우울한 결말이었다. 뒤이어 공허하고 씁쓸한 느낌만 남아 추억들을 암울하게 몰아갔다. 시간이 더디게 갔다. 세월이 흘러갔다. 나이를 먹었다. 평화가 다시 찾아왔다. 그들이 일찍이 맛보지 못했던 평화였다. 학창 시절, 그들의 만남이 이루어진 시절, 삶의 절정이던 7년여에 걸친 시간이 한순간에 과거로 묻혔다.

아마 아무것도 바뀐 게 없을지 몰랐다. 여전히 창가에 서서 안마당, 아담한 정원, 마로니에를 바라보고 새들의 지저귐을 들었다. 흔들거리는 선반에 다른 책들, 다른 음반들이 쌓여갔다. 오디오 턴테이블의 다이아몬드바늘이 닳아가기 시작했다.

그들의 일거리는 여전히 같았다. 3년 전과 같은 설문 조사 일을 다시 했다. 면도를 어떻게 하십니까? 구두에 왁스 칠을 하십니까? 그들은 영화를 보고, 다시 봤다. 몇 군데 여행을 하고 다른 레스토랑을 찾아냈다. 와이셔츠, 구두, 스웨터, 스커트, 접시, 침대 시트, 소품들을 새로 장만했다.

변한 것이 있다면, 전혀 겉으로 드러나지 않는 너무나 모호한 것이었다. 그들의 남다른 삶의 방식, 몽상과 관련된 것이었다. 그들은 지쳤다. 그들은 늙었다, 그랬다. 어떤 때는 자신들이 인생을 채 시작하지도 않은 것 같은 느낌이었다. 하지만 계속해서 그들의 삶이 위태롭고 덧없이 흐르는 것 같았다. 마치 채워지지 않은 욕망, 불완전한 기쁨, 잃어버린 시간이 그렇게 만드는 것이 당연한 것처럼. 기다림과 궁색함, 편협함이 자신들을 마모시켜 무력해지게 했다고 느꼈다.

가끔은 모든 것이 이대로 아무것도 변하지 않고 계속되길 바랐는지도 모른다. 그냥 흘러가게 놔두면 될 일이었다. 삶이 그들을 달래줄 것이다. 몇 달이고 몇 년이고, 변화도 없고 그들을 구속하는 법도 없이, 인생은 계속될 것이다. 낮과 밤이 조화롭게 이어지는 가운데, 거의 미미한 변화만 있을 뿐, 같은 주제가 끝없이 되풀이되며 행복이 계속될 것이다. 어떤 동요, 비극적인 사건이나 예기치 못한 사건도 흔들어놓지 못할 영원한 감미로움을 맛볼 것이다.

그러다가도 어떤 때는 더 이상 그럴 수 없을 것 같았다. 맞서 싸우고 정복하고 싶었다. 싸워서 그들의 행복을 쟁취하고 싶었다. 하지만 어떻게 싸울 것인가? 누구에 맞서서? 무엇에 맞서? 그들이 사는 세상은 낯설고 화려했다. 자본주의 문화로 번쩍이는 세계, 풍요로움이 감옥처럼 둘러싸고 행복이라는 매력적인 덫이 놓인 세계였다.

위험은 어디에 있는가? 위협은 어디에 있는가? 과거에 수백만 명의 사람이 빵을 얻기 위해 싸웠고, 지금도 여전히 싸우고 있다. 제롬과 실비는 체스터필드 소파를 얻기 위해 사람들이 싸울 수도 있다고는 믿지 않았다. 하지만 그것이 그들을 가장 손쉽게 동원할 수 있는 명령어일 수도 있었다. 어떤 것도 일정이나 계획으로 묶어둘 수 없는 것처럼 보였다. 조기 퇴직, 휴가 연장, 무료 점심, 주당 30시간 근로를 우습게 여겼다. 그들은 그 이상의 여유를 원했다. 클레망 디스크 플레이어, 그들만을 위한 백사장, 세계 일주, 화려한 호텔을 꿈꿨다.

적은 보이지 않았다. 아니, 오히려 그들 안에 있었다. 그들을 타락시키고 부패시켰으며 황폐화시켰다. 그들은 속고 있었다. 그들은 자신들을 조롱하는 세상의 충실하고 고분고분한 소시민이었다. 기껏해야 부스러기밖에 얻지 못할 과자에 완전히 빠져 있는 꼴이었다.

오랫동안 계속된 위기 상황도 그들의 유쾌한 기질을 어쩌지 못했다. 그들이 보기에 위기는 치명적이지 않았고, 다른 무엇에도 영향을 미치지 못했다. 우정이 자신들의 보호막이라고 자주 말하곤 했다. 그룹의 결속이 확실한 담보이자 흔들리지 않는 지표, 그들이 기댈 수 있는 힘이었다. 그렇게 느낄 만하다고 생각했다. 그들은 서로 연대할 줄 알았고, 유난히 힘들게 느껴지는 월말이면 돼지고기 감자 스튜를 앞에 놓고 둘러앉아 마지막 남은 담배 한 개비를 다정하게 나눠 피우는 이상으로 좋은 것이 없었기 때문이다.

그러나 우정 역시 균열이 생기기 시작했다. 어느 저녁나절, 비좁고 답답한 방에 모인 커플들이 사나운 눈길로 언성을 높이며 충돌하기도 했다. 또 어떤 때는 결국 자신들이 공들여 만들어낸 이토록 아름다운 우정, 서로를 알아보기 위한 의례적 어휘들, 친밀한 우스갯소리, 공통의 세계, 공통의 언어, 공통의 몸짓이 결국은 아무것도 아니라는 사실을 인정하기에 이르렀다. 쪼그라든 세계, 맥 빠진 세계는 아무 비전이 없었다. 그들의 삶은 정복과 거리가 멀었다. 삶은 부서지고 흩어져갔다. 자신들이 얼마나 매너리즘에 빠져 무력하게 되었는지 깨달은 것도 이쯤이었다. 그들 사이에 공허함 외에 아무것도 없는 것처럼 다 같이 권태로움에 빠져들었다. 오랫동안 말장난과 술을 즐기고 숲속에서의 산책이나 성대한 식사, 영화와 계획들에 관한 긴 토론, 그리고 시시껄렁한 이야기들을 하면서 모험과 삶, 진실을 외면했다. 하지만 그들의 말은 가볍고, 시작도 미래도 없이 무의미하고 공허한 제스처일 뿐이었다. 수도 없이 되풀이하는 말과 손이 닳도록 하는 악수, 이 같은 의례적인 행동들이 이제 더 이상은 그들을 보호해주지 못했다.

한 시간에 걸쳐 앞으로 보러 갈 영화를 정하려고 애썼다. 곁도는 이야기를 하고 수수께끼를 내고 인물 알아맞히기를 했다. 커플들은 자기네끼리 남게 되면 다른 사람 흉을 보고 때로는 자학적이 되기도 했다. 향수에 젖어 지난 젊은 날을 떠올렸다. 열정적이고 즉흥적이고 계획다운 계획이 많았고 화려한 상상, 욕망이 가득했던 자신들을 기억해냈다. 그들은 새로운 우정을 꿈꿨다. 하지만 그것이 무엇인지 상상조차 할 수 없었다.

서서히 하지만 피할 수 없이 분명하게 그룹이 무너져갔다. 아주 갑작스럽게 불과 몇 주 만에 과거와 같은 삶이 불가능할 것이 명확해졌다. 그들은 너무 지쳤다. 그들을 둘러싼 세상은 요구가 너무 많았다. 물도 나오지 않는 방에서 바게트 도막으로 점심을 때우며 선하게 살고 있다고 믿는 자들, 끊어뜨리는 법 없이 줄을 당겨 올린 사람들은 언젠가 때를 만나면 자리를 잡을 것이었다. 객관적으로 봤을 때, 안정된 직업과 탄탄한 자리, 보너스, 특별 수당에 대한 유혹이 생기는 것은 당연했다.

하나둘씩 차례로 거의 모든 친구가 항복해갔다. 정착하지 못하고 부유하던 삶에서 안정을 찾아 떠났다. "우린 이제 더 이상 이렇게 못 살겠어"라고 말했다. '이렇게'라는 말은 모호한 동시에 계획성 없는 삶, 너무 짧은 밤, 얼간이, 낡아빠진 재킷, 지겨운 일, 지하철과 같은 말들을 담고 있는 것이기도 했다.

조금씩 알아차릴 틈도 없이 제롬과 실비, 둘만 남게 되었다. 우정이란 서로 도와주고 같은 삶을 살아가고 있을 때만 가능한 것 같았다. 갑자기 한 커플이 다른 이들이 보기에 떼돈에 가까운 돈을 손에 넣거나 혹은 앞으로 그렇게 될 것이 분명한 반면, 다른 쪽은 오래된 자유에 여전히 애착을 보이고 있다면 두 세계는 충돌하기 마련이었다. 그것은 더 이상 일시적인 불협화음이 아닌 균열, 뿌리 깊은 단절, 아물지 않을 상처였다. 몇 개월 전만 해도 이 같은 불신은 그들의 만남에서 찾아볼 수 없었다. 마지못해 말을 하고 매번 서로 맞섰다.

제롬과 실비는 신랄하고 편파적이었다. 그들은 배신에 대해, 우정의 포기에 대해 말했다. 돈을 벌기 위해 희생해야 했음에도 여전히 인연이 먼 돈이 자신들에게 깊이 새긴 엄청난 폐해를 그냥 지켜보는 데 만족했다. 옛날 친구들이 견고한 서열 사회 속으로 거의 힘을 안 들이고 잘 합류해 들어가서는, 한 치의 망설임 없이 그 세계에 동조하는 것을 보았다. 옛 친구들이 굽실거리며 비집고 들어가 권력과 영향력, 책임감에 탐닉하는 것을 지켜보았다. 그 친구들을 통해 자신들의 세계가 그들과 완전한 대척 관계에 있다는 사실을 새로이 알았다. 그 세계는 통틀어 돈, 일, 선전, 능력을 합리화하고 경력을 높이 사는 세계, 자신들을 인정해주지 않는 세계, 간부 직원들의 진지한 세계, 권력의 세계였다. 자신들의 예전 친구들이 머지않아 이 모두를 소유하게 되리라는 것은 분명했다.

그들은 돈을 경멸하지 않았다. 오히려 지나치게 좋아했다. 견고함과 확실함, 미래로 나아가는 분명한 길을 원했는지도 모른다. 그들은 영속성을 알리는 모든 신호에 주의를 기울였다. 그들은 부자이고 싶었다. 여전히 부유하게 되어가는 과정을 거부하고 있다면, 그것은 월급을 원하지 않기 때문이었다. 그들의 상상과 문화적 수준에 걸맞으려면 백만장자는 되어야 했다.

저녁이면 자주 산책을 나서고, 바람을 맞으며 진열장을 샅샅이 훑었다. 자주 다니던 영화관 네 군데를 가려면 거쳐야 하는 음울한 퀴비에 거리나 더 음산한 느낌의 오스테를리츠 역 근방 길을 피하기 위해 이용하던 고블랭 대로 말고는 낯설기만 한 13구를 뒤로하고, 거의 변함없이 몽쥐가나 에콜가로 나섰다. 이어 생미셸, 생제르맹으로 접어들곤 했다. 날이나 계절에 따라 그 너머로 팔레루아얄, 오페라, 아니면 몽파르나스 역, 바뱅, 아사스가, 생쉴피스, 뤽상부르까지 가기도 했다. 느릿느릿 걸었다. 골동품 가게가 나타나면 으레 걸음을 멈춰 서서 컴컴한 진열장에 이마를 붙이고, 창살 너머 가죽 소파의 불그스레한 윤곽이나 접시 위, 자기그릇 위의 잎사귀 모양 장식, 번쩍이는 구리 촛대나 유리잔, 세련된 느낌의 불룩한 등나무 의자를 꼼꼼히 살폈다.

역에서 역으로 이어지는 길에 들어선 골동품 가게, 서점, 레코드 가게, 레스토랑 메뉴판, 여행사, 와이셔츠 가게, 양복점, 치즈 가게, 제화점, 제과점, 고급스러운 정육점, 문구점으로의 순례가 그들의 세계를 말해주는 것이었다. 그곳에는 그들의 욕망과 희망이 스며 있었다. 그곳에야말로 진정한 삶, 그들이 맛보고 싶고 영위하고 싶어 하는 삶이 있었다. 25년 전, 미용사와 회사원 부모 아래 이 세상에 태어난 이유는 여기 진열된 연어, 양탄자, 크리스털을 즐기기 위해서인 것 같았다.

이튿날, 고단한 삶이 그들을 다시금 짓누르기 시작하여 광고계라는 거대한 기계가 돌아가고 자신들이 미미한 소모품으로 느껴질 때에도, 전날 저녁의 열에 들뜬 탐험으로 눈뜨게 된, 희미하지만 남모를 경이로움을 완전히 잊어버린 것은 아니었다. 그들은 무비판적으로 상표나 슬로건, 이미지를 맹신하는 사람들, 채소 향과 헤이즐넛 향에 입맛을 다시면서 비곗덩어리 고기를 먹는 사람들을 앞에 두고 앉았다. (이유를 정확히 모르는 채 불안하리만치 이상하게 여기는 것은 무엇인가 김빠진 것처럼 왜 이제는 이러저러한 포스터가 멋지다고, 슬로건이 기막히다고, 영화 예고편이 훌륭하다고 느끼지 못하는 것일까 하는 점이었다.) 자리에 앉아서 녹음기를 켜고,

인터뷰에 걸맞은 목소리 톤으로 이야기하고, 내용을 조작하고 분석을 아무렇게나 대충 해치웠다. 그들은 막연히 다른 것을 꿈꿨다.

9

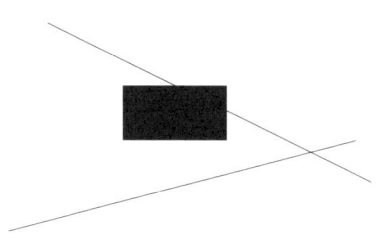

어떻게 해야 떼돈을 벌 수 있을까? 도무지 풀리지 않는 문제였다. 하지만 그들이 보기에 자신과 상관없는 사람들은 제 몫을 잘 챙기며 날마다 이 문제를 완벽하게 해결하는 것 같았다. 예가 될 만한 사람들, 이들은 프랑스의 살아 있는 지성이자 정신의 영원한 증인으로서 얼굴에 미소가 가득하고 사려 깊으며 지혜로웠다. 적극적이고 건강미 넘치며 단호함과 겸손함을 지닌 이들은 정체된 채 늘 제자리걸음만 하며 성질이 급해 실패만 하는 사람들에게 훌륭한 표본이자 인내심의 거룩한 예였다.

부가 따르는 사람들의 성공담에 관해서는 모르는 게 없었다. 사기꾼, 청렴한 기술자, 피도 눈물도 없는 고리대금업자, 퇴고도 하지 않는 글쟁이, 미지의 장소까지 샅샅이 찾아다니는 세계 여행자, 엉터리 식당 주인, 교외 시장 조사자, 낮은 목소리로 시시껄렁한 감상적인 노래를 부르는 가수, 바람둥이, 노다지를 찾는 사람, 백만장자 양조업자 들. 그들의 이야기는 한결같이 단순했다. 그들은 여전히 젊고, 인물이 좋았다. 눈빛에는 경험의 흔적이 어려 있고, 잿빛 관자놀이는 어려웠던 시절을 보여주고 있었다. 이들은 불타는 야심을 감춘 따뜻하고 열린 미소와 매혹적인 음성을 지녔다.

두 사람은 그들의 모습에 자신들을 대입해 보았다. 서랍 깊숙이 3막짜리 희곡을 넣어두고 있을 것이다. 정원 한가운데서 기름이 솟구치고 우라늄이 나올지도 모른다. 오랫동안 가난하고 궁색하게 불투명한 하루하루를 살고 있었을 것이다. 단 한 번이라도 일등칸을 타보았으면 하는 꿈을 꾸고 있었을 것이다. 그러던 어느 날 전혀 예상치 못하게 혼란한 와중에 천둥처럼 갑자기 어마어마한 돈이 굴러 들어오는 것이다! 마침내 그들의 희곡이 채택되고, 광맥이 터지고, 그들의 천재성이 인정받게 되는 것이다. 계약이 사방에서 들어오고, 그들은 돈다발로 하바나 여송연을 말아 불을 붙일 것이다.

여느 날과 다름없는 아침일 것이다. 현관문 틈으로 좁고 기다란 우편물 세 통이 들이밀어질 것이다. 봉투 상단에 돈을새김으로 격식을 갖춘 발신인 성명과 주소가 쓰여 있고 수신인에 관한 상세한 정보가 IBM사의 글씨체로 타이핑되어 있을 것이다. 봉투를 뜯는 그들의 손은 약간 떨릴 것이다. 공이 줄줄이 붙은 수표 세 장일 것이다. 아니면 이런 편지일 수도 있다.

"귀하, 귀하의 숙부 포드뱅 씨가 유언 없이 사망함에 따라……."

그리고 그들은 얼굴에 손을 대보고, 자신들의 눈을 의심하면서 여전히 꿈을 꾸고 있는 게 아닌가 할 것이다. 그러고는 창문을 활짝 열어젖힐 것이다.

달콤하고 바보 같은 상상에 잠기곤 했다. 유산, 한몫 단단히 잡는 상속, 3연승식 경마에서 돈을 따는 것. 몬테카를로 은행이 파산한다. 승객 없는 열차 칸 그물 선반에 놓인 임자 없는 가방, 그 안에 든 어마어마한 액수의 돈다발, 평범한 굴 껍데기 속의 진주 목걸이. 아니면 푸아투의 무식한 농부 집에서 발견한 불[23]식(式) 상감을 한 안락의자 한 쌍.

엄청난 흥분에 사로잡히곤 했다. 그럴 때면 몇 시간이고,

며칠이고 당장 어마어마한 부자가 되어 영원히 살고 싶은 광적인 욕망에 사로잡혀 헤어 나오지 못했다. 미친 것처럼 병적으로 가슴을 짓누르는 이 같은 욕망이 그들의 사소한 행동 하나하나에 영향을 끼쳤다. 부는 그들에게 아편과 같았다. 거기에 푹 빠져들었다. 마음을 다잡으려는 노력도 없이 상상의 황홀경에 몸을 맡겼다. 가는 곳마다 돈에만 관심을 두었다. 수백만 프랑의 보석을 갖고 싶은 악몽에 시달렸다.

드루오와 갈리에라에서 열리는 경매에 자주 들렀다. 한 손에 카탈로그를 쥐고 그림들을 자세히 들여다보는 신사들 틈에 섞였다. 드가의 파스텔화, 희귀한 우표, 이상한 금화, 레데레가 화려하게 장정한 라퐁텐[24]이나 크레비용[25]의 오래된 판본, 클로드 세네[26]나 엘렌버그의 검인이 찍힌 경탄을 자아내는 가구, 금과 칠보를 입힌 코담뱃갑이 사람들 손에 넘어가는 것을 보았다. 경매인이 원탁에서 물건들을 소개한다. 몇몇 사람이 진지한 태도로 그것들을 훑어본다. 장내에 웅성거림이 퍼진다. 경매가 시작된다. 값이 올라간다.

---

23 17세기 프랑스의 가구 장인.
24 17세기 프랑스의 시인이자 대표적 우화 작가.
25 18세기 프랑스 소설가.
26 루이 16세 시대에 활약했던 고급 가구 장인.

그리고 망치 소리가 울린다. 끝이다. 이로써 물건이 사라진다. 그들 코앞에서 오륙백만 프랑이 왔다 갔다 했다.

종종 구매자들의 뒤를 밟기도 했다. 이 행운아들은 대개 부하 직원이거나 골동품 가게 점원, 개인 비서, 명의 대리인이었다. 이들은 물건을 오스왈도크루즈가, 보세주르가, 마스페로 거리, 스폰티니, 빌라 사이드, 룰 거리에 있는 집 문 앞까지 배달했다. 철책 너머 회양목 덤불, 자갈 깔린 산책로가 이어지고, 종종 완전히 쳐지지 않은 커튼 사이로 널찍한 방이 어슴푸레 보였다. 긴 의자와 안락의자의 희미한 윤곽과 인상주의 그림의 흐릿한 점들이 보였다. 그들은 우울해져서 생각에 잠겨 집으로 되돌아오곤 했다.

어떤 날은 도둑질을 상상하기도 했다. 하나하나 그려보았다. 시커먼 옷을 입고, 작은 손전등을 들고, 집게와 유리용 다이아몬드 칼을 주머니에 넣고, 해가 떨어지기를 기다린다. 건물에 침입한 다음 지하 창고를 통해 화물용 승강기의 허술한 자물쇠를 부수고 들어가 부엌에 이른다. 외교사절이나 부패했지만 안목 있는 금융인, 유명한 예술 애호가, 교양 있는 미술품 수집가의 아파트가 대상이다. 그들은 아파트 구석구석을 안다. 그들은 12세기 성모상, 세바스티아

노 델 피옴보의 타원형 화판, 프라고나르의 담채화, 르누아르의 소품 두 점, 외젠 부댕과 장 아틀랑, 막스 에른스트, 니콜라 드 스탈의 작품들, 주화, 뮤직박스, 당과 그릇, 은식기, 델프트 자기[27]가 어디에 있는지 알고 있다. 마치 수백 번이나 집을 털어본 사람처럼 행동은 정확하고 거침이 없다. 현대판 아르센 뤼팽처럼 서두르지 않고 자신에 차서 냉정하고 침착하게 효율적으로 움직인다. 얼굴 근육 하나 동요하지 않는다. 차례로 유리 진열대를 부순다. 그림을 하나씩 벽에서 내려 액자에서 떼어낸다.

밑에는 차가 대기 중이다. 그 전날 미리 만사를 준비해둔다. 여권은 유효하다. 오래전부터 떠날 때를 대비해왔다. 트렁크는 브뤼셀에서 그들을 기다릴 것이다. 벨기에로 가면 별 성가신 일 없이 국경을 통과할 것이다. 천천히 서두르지 않고 룩셈부르크, 앙베르, 암스테르담, 런던, 미국, 남미에서 장물을 되팔 것이다. 세계 일주를 한다. 오랫동안 기분 내키는 대로 떠돈다. 마침내 기후가 좋은 나라에 정착할 것이다. 이탈리아 호숫가 근처, 두브로브니크, 발레아레스, 체

---

[27] 네덜란드의 델프트에서 만들어진 도기. 18세기경 유럽 상류사회에서 크게 유행했다.

팔루 어딘가에 사방이 숲으로 둘러싸인 흰 대리석 저택을 살 것이다.

  물론 상상에만 그칠 뿐 손가락 하나 까딱하지 않았다. 복권 한 장도 사지 않았다. 기껏해야 포커 판에나 낄 뿐이었다. 당시 재미를 붙인 포커가 시들어가는 우정의 마지막 피난처가 되어가는 판이었다. 어떤 때는 너무나 열중한 나머지 의심스럽게 비칠 때도 있었다. 어떤 주에는 포커 판을 서너 번 벌이기도 했고, 그럴 때면 새벽까지 판이 이어졌다. 판은 작았다. 너무 작아서 아슬아슬한 쾌감이나 돈 따는 재미만을 맛보았다. 하지만 변변치 않은 패로, 아니면 한술 더 떠 무리한 패로, 단번에 테이블 위에 최소한 300프랑 되는 포커판 플라스틱 동전을 던지고 판돈을 끌어모을 때도 있었다. 600프랑이 수중에 있을 때, 세 번에 걸쳐 잃은 다음 여섯 번에 걸쳐 더 많이 따기라도 하면, 작은 승리의 미소가 그들의 얼굴에 번졌다. 행운을 손에 넣은 것이었다. 알량한 용기가 열매를 거두었다. 일종의 영웅심까지 느꼈다고 해도 과언이 아니었다.

10

 농업 관련 설문 조사를 하느라 프랑스 전역을 돌아다녔다. 로렌, 생통주, 피카르디, 보스, 리마뉴에 갔다. 토박이 공증인, 전국 화물 수송의 4분의 1을 장악하고 있는 운송 트럭들을 소유한 도매업자, 성공한 기업가, 커다란 다갈색 개들 한 무리와 약삭빠른 집사들을 대동하고 다니는 지주들을 만났다.

 곳간에는 밀이 그득했다. 포석이 깔린 널따란 안마당에는 번쩍이는 빨간색 트랙터가 주인의 검은색 승용차와 마주해서 주차되어 있었다. 식당 일꾼과 여자 몇 명이 분주히 움직이는 어마어마하게 큰 부엌, 공동 거실을 둘러보았다. 거실 바닥은 발길 닿는 곳마다 온통 펠트 천이 깔렸고, 한쪽에 벽난로가 떡 버티고 있는 가운데 텔레비전, 안락의자,

밝은색 떡갈나무 궤, 청동 그릇, 주석 그릇, 자기 그릇 들이 있었다. 오만가지 냄새가 밴 좁은 복도 끝으로 사무실이 있었다. 물건들이 뒤죽박죽 쌓여 있어서 좁았다. 벽에 걸린 낡은 전화기 옆으로 걸린 일정표에 파종, 계획, 견적, 어음과 같은 농사 관련 일정이 빼곡히 적혀 있었다. 의미심장한 도면이 기록적인 수확량을 증명해 보이고 있었다. 책상 위에 영수증, 급여 명세서, 계산서, 서류 더미가 산더미처럼 쌓여 있었다. 그 위에 펼쳐진 검은색 캔버스 천의 장부에 그 날짜로 기재된 기다랗게 기둥처럼 내리뻗은 회계가 사업이 날로 번창하고 있음을 보여주었다. 황소와 젖소, 암퇘지의 대회 입상 증서가 액자에 걸려 있고, 토지대장 일부, 사업장 지도, 가축 떼와 닭, 오리의 사진, 트랙터, 탈곡기, 굴착기, 파종기의 네 가지 색상 모델을 소개하는 팸플릿이 그와 나란히 걸려 있었다.

그들의 조사가 방향을 잡은 쪽은 바로 여기였다. 그들은 진지하게 현대사회에서의 농업의 위치, 프랑스 농촌 경제의 모순, 차세대 농업인, 공동 시장, 밀과 무에 관한 정부의 결정, 방목 축사, 가격 평등에 대해 조사했다. 하지만 그들의 정신은 다른 데 팔려 있었다. 주인 없는 빈집을 들락거렸다. 자주 밀랍 칠한 계단을 올라 곰팡내 나는 덧문 닫힌 방에 들어갔다. 짙은 갈색 천 덮개 아래 고가구들이 잠들어 있었다. 3미터 높이의 벽장을 열면 라벤더 향이 나는 침대 시트와 단지, 은그릇 들이 가득했다.

어스름한 다락방에서 상상도 못 했던 보물들을 발견하기도 했다. 끝도 없이 이어지는 지하 저장고에서 그들을 기다리는 것은 포도주가 가득 찬 큰 들통, 기름 단지, 꿀단지, 소금에 절인 저장 식품을 담은 항아리, 노간주나무 훈제 햄, 브랜디 작은 통이었다.

소리가 울리는 세탁장을 어슬렁거리고, 나무를 해놓은 창고, 석탄 저장소를 둘러보았다. 여러 겹의 발 위에 사과며 배가 끝도 없이 일렬로 들어차 있는 과일 저장소에 들어가 보기도 했다. 시큼한 냄새가 나는 유제품 저장소에는 영광의 마크 자국이 채 마르지 않은 신선한 덩어리 버터, 5리터들이 우유통, 신선한 크림 단지, 크림치즈 항아리, 말랑말랑한 발효 치즈가 산더미처럼 쌓여 있었다.

축사, 마구간, 작업장, 대장간, 헛간, 어마어마하게 큰 둥그런 빵이 쉴 새 없이 구워지는 화덕, 터질 듯한 자루들이 들어찬 농산물 보관창고, 차고 들을 돌아다녔다. 저수탑 꼭

대기에서 농장 전체를 둘러보았다. 꼭대기가 뾰족한 두 개의 대문과 포석 깔린 널찍한 안마당이 사방을 둘러싸고 있었다. 가금 사육장, 돼지우리, 채소밭, 과수원, 국도로 이어지는 길을 따라 플라타너스가 늘어서 있고, 주위에는 끝도 없이 이어지는 황금빛 밀밭이 기다란 띠를 그리고 있었다. 키가 큰 나무숲과 잡목림, 목초지가 보였다. 직선으로 곧게 뻗은 자동차 길에 이따금 자동차 한 대가 번쩍거리며 빠르게 지나갔다. 양안이 험준한 강을 따라 늘어선 포플러 나무들이 만들어낸 굽이치는 기다란 선이 저 멀리 안개 낀 언덕 너머 지평선 끝으로 사라져갔다.

때때로 완전히 다른 환영 같은 분위기가 불시에 찾아들기도 했다. 상상을 초월하는 레스토랑, 헤아릴 수 없이 많은 상점가, 거대한 시장이었다. 먹는 것, 마시는 것은 모두 있었다. 궤짝, 고리 바구니, 광주리 할 것 없이 노랗고 빨간 큼직한 사과, 길쭉한 배, 보랏빛 포도가 넘치도록 그득했다. 진열대에는 망고, 무화과, 멜론, 수박, 레몬, 석류가, 자루에는 아몬드, 호두, 피스타치오가 들어 있고, 작은 상자에는 스미른과 코린트산 포도, 말린 바나나, 절인 과일, 속이 훤히 들여다보이는 말린 노란 대추야자가 가득했다.

천장에 매달린 햄, 소시지가 수천 개의 신전 기둥처럼 보이는 컴컴한 정육점에는 기름에 볶은 다진 돼지고기, 밧줄처럼 똬리를 틀어놓은 순대, 통에 든 슈크르트, 보랏빛 올리브, 소금에 절인 안초비, 피클이 산더미처럼 쌓여 있었다.

한편 길 양옆으로는 이중으로 둘러쳐진 울타리에 젖먹이 돼지의 고기, 다리를 묶은 멧돼지 고기가 열을 지어 있고 소고기, 토끼 고기, 살진 거위, 눈동자가 유리알 같은 노루 고기를 파는 가게들이 있었다.

갖가지 맛있는 냄새로 발길을 유혹하는 식료품점, 파이 수백 개가 나란히 열을 지어 있는 제과점, 수많은 구리 솥단지가 번쩍이는 주방을 지나갔다.

온갖 풍요로움 속에 침몰할 것 같았다. 거대한 시장이 들어서는 것을 지켜보았다. 그들 앞에 햄, 치즈, 술의 낙원이 펼쳐지고 있었다. 눈부시게 하얀 식탁보에 장식된 활짝 핀 꽃들, 크리스털과 값비싼 그릇으로 잘 차려진 테이블들이 놓였다. 수십 종류의 바삭한 파이, 고기 파이, 연어, 곤들매기, 송어, 바닷가재, 뼈 끝을 리본으로 장식한 양 넓적다리 고기, 은집게, 토끼 고기, 메추라기, 김이 모락모락 나는 멧돼지, 맷돌처럼 커다란 치즈, 엄청난 양의 포도주병이 차려졌다.

살진 암소를 실은 화물차를 끌고 가는 기관차가 보였다.

음매 우는 암양을 실은 화물 트럭들이 정렬해 있고, 바닷가 재를 담은 상자가 피라미드처럼 쌓여 있었다. 빵 수백만 개가 화덕 수천 개에서 구워져 나왔다. 커피 수천 킬로그램이 배에서 하역되었다.

그리고 저 멀리를 보며 눈을 반쯤 지그시 감아보았다. 숲 한가운데, 잔디밭 가운데, 강을 따라, 사막의 초입, 아니면 바다를 굽어보는 대리석이 깔린 광대한 벌판에 선 초고층 건물의 도시가 눈에 들어왔다.

강철과 희귀한 목재, 유리, 대리석으로 된 건물 정면을 따라 걸었다. 중앙 홀에는 도시 전체로 무지개 수백만 개를 반사해내는 유리벽을 따라 50층에서부터 폭포가 솟아나고 있었다. 현기증이 날 것같이 높은 나선형 계단 두 개가 폭포를 에워싸고 있었다.

엘리베이터가 그들을 실어 날랐다. 미로처럼 이어진 복도를 따라 크리스털처럼 투명한 층계를 올랐다. 조각품들과 꽃들이 까마득히 펼쳐져 있었다. 갖가지 색의 자갈층에서 흘러내리는 맑은 시냇물과 조명에 잠긴 갤러리를 큰 걸음으로 둘러보았다.

문을 열자 새로운 광경이 펼쳐졌다. 야외 풀장, 포석이 깔린 안뜰, 서재, 적막이 감도는 침실, 극장, 새 사육장, 정원, 수족관, 규모가 작은 개인 박물관에는 사방 모퉁이마다 플랑드르파 초상화가 걸려 있었다. 홀은 암벽에 가깝고, 나머지는 정글 같았다. 한쪽에 파도가 와서 부서지는가 하면 한쪽에는 공작들이 노닐었다. 둥근 홀의 천장에는 깃발이 수천 개 달려 있었다. 끝없이 이어질 것 같은 미로에서 감미로운 음악이 울려왔다. 기상천외한 형태의 홀은 메아리를 끊임없이 울리게 하기 위해 만들어진 것 같았다. 또 다른 홀의 바닥은 해의 움직임에 따라 하루에도 수없이 모습이 다양하게 바뀌었다.

그 끝을 가늠할 수 없을 정도로 거대한 지하실에는 기계들이 얌전히 돌아가고 있었다.

그들은 발길 닿는 대로 경이로움과 놀라움을 좇아 이리저리 돌아다녔다. 세상 전부를 보고자 한다면 그곳에 살기만 하면, 그저 그곳에 있기만 하면 되었다. 그들의 배, 기차, 로켓이 지구 전체를 누볐다. 세상은 그들의 것이었다. 밀이 가득한 시골, 물고기가 풍부한 바다, 산꼭대기, 사막, 꽃들이 화사한 들판, 해변, 섬, 나무, 보물들, 오래전에 버려져 땅속에 묻힌 거대한 공장이 그들을 위해 세상에서 가장 아름다운 모직물, 눈부시게 빛나는 비단을 자아냈다.

그들은 무수한 행복을 맛보았다. 야생마의 활달한 말발굽에 몸을 맡겨 키 큰 풀들이 물결 치는 광활한 평야를 가로질렀다. 가장 높은 산 정상에 오르는가 하면, 스키를 신고 군데군데 거대한 전나무가 버티고 있는 가파른 경사를 타고 내려오기도 했다. 고요한 호수에서 수영하고 물기 머금은 싱그러운 풀 향내를 맡으며 세찬 빗속을 하염없이 걸었다. 햇볕 아래 몸을 뉘이기도 하고, 높은 곳에 올라 꽃밭으로 뒤덮인 보주 산맥의 산들을 난생처음 감상하기도 했다. 끝없이 펼쳐진 숲을 걸어 다녔다. 두꺼운 양탄자가 깔리고, 속이 깊은 긴 의자가 놓인 어스름한 방에서 사랑을 나누었다.

그들은 이국적인 새가 그려진 값비싼 자기 그릇을 상상하고, 가장자리를 잘라내지 않아 커다란 여백이 있는 수제 일본산 종이를 그렸다. 눈길을 잡아끄는 여백이 감미로운 일본산 종이 위에 엘제비르 활자로 인쇄하여 가죽으로 장정한 책, 마호가니 책상, 갖가지 색깔의 실크, 리넨으로 지은 부드럽고 편안한 옷들, 널찍하고 환한 침실, 한 아름의 꽃, 부카라 양탄자, 펄쩍 뛰어오르기 좋아하는 도베르만 사냥개를 꿈꿨다.

그들의 몸과 몸짓은 말할 수 없이 아름다웠다. 시선은 고요하고 마음은 숨김이 없었다. 미소는 순수했다.

극치의 순간에 웅장한 궁궐이 들어서는 것을 보았다. 편평한 대지 위에 환희의 불빛 수천 개가 밝혀지고, 사람들 수백만 명이 「메시아」를 합창하러 모여들었다. 광대한 테라스에서 브라스 밴드 수만 팀이 베르디의 「레퀴엠」을 연주했다. 시가 산기슭에 새겨져 있었다. 정원이 사막 한가운데 만들어졌다. 도시 전체가 프레스코화와 다름없었다.

눈부실 정도로 한꺼번에 나타나는 장면들은 그들이 어쩌지 못할 만큼 빠른 속도로 지칠 줄 모르고 몰려드는 파도처럼 흘러 들어왔다. 현기증 날 것같이 빠른 빛과 승리의 광경이 놀라운 인과관계를 이루며 연쇄적으로 생겨나는 것처럼 보였다. 경이에 찬 그들의 눈앞에 끝없는 조화를 이루며 갑작스레 모습을 드러낸 이 같은 완벽한 풍광, 경이롭고 자랑스러운 총체로서의 완벽한 모습은 그들이 마침내 이해하고 해독할 수 있게 된 모순 없는 세계였다. 그들의 감각은 확장되고, 보고 느끼는 능력이 한없이 열려, 눈부신 행복이 그들의 사소한 행동 하나하나에 끼어들고 걸음걸이에 흥을 돋우며 삶에 스며들었다. 세상은 그들의 것이었다. 그들은 세상을 맞이하러 나갔다. 새로운 세상을 끝없이 발견했다. 그들의 삶은 사랑과 취기에 어렸다. 그들의 열정은 끝을 몰랐고, 자유는 아무런 구속도 받지 않았다.

하지만 산더미처럼 쌓여가는 세세한 형상 가운데에서 그들은 질식해버렸다. 내용은 빛을 잃고 희미해져갔다. 어렴풋하고 모호하며, 빈약하고 강박적이며, 어리석고 별 볼 일 없는 몇 가지 단상만이 남았다. 더 이상 전체적인 움직임이 아니라 동떨어진 그림으로, 흠 없는 총체가 아니라 조각난 파편으로, 모든 이미지가 저 멀리 가늠할 수 없을 만큼 모호하고 나타나자마자 스러져버리는 암시적이고 환영에 찬 반짝임처럼, 먼지 같은 것에 지나지 않아 보였다. 가장 걸맞지 않은 욕망의 우스꽝스러운 투사, 손에 잡히지 않는 희미한 빛의 반짝임, 도저히 손에 넣을 수 없는 꿈의 조각에 불과한 것 같았다.

그들은 행복을 상상할 수 있다고 믿었다. 그들 마음껏 만들어낸 멋진 공상은 끊임없이 밀려오는 파도처럼 세상을 적셨다. 그들의 발걸음이 행복하려면 걷기만 하면 되는 줄 알았다. 하지만 그들은 홀로 꼼짝없이 쓸쓸하게 남았다. 살얼음 언 잿빛 대지, 황폐한 초원, 그 어떤 궁궐도 사막의 초입에 들어서지 않았으며, 그 어떤 광장도 지평선을 대신하지 않았다.

행복에 대한 도를 넘어선 이런 종류의 추구, 순간이지만 행복을 엿보고 행복을 알아냈을 때 느꼈던 경이의 감정, 환상적인 여행, 확고부동한 어마어마한 성취, 새롭게 발견한 지평, 미리 맛본 유희, 불완전한 꿈 아래 가능했던 모든 것, 여전히 어색하고 당혹스럽지만 이미 장전된 총알처럼 준비되었던 비약, 말로 표현할 수 없는 새로운 감정, 새로운 요구. 그들이 경험한 이 모든 것에서 남은 것은 하나도 없었다. 두 눈을 크게 뜨고 그들의 목소리를 다시 듣고, 상대방의 알아들을 수 없는 중얼거림, 녹음기 모터의 윙윙거리는 속삭임을 다시 들으려 애썼다. 그들의 정면, 녹슨 총의 개머리판과 기름칠로 번쩍이는 사냥용 장총 다섯 정이 얹혀 있는 총가(銃架) 옆에 얼룩덜룩한 퍼즐 같은 토지대장을 바라보았다. 토지대장 한가운데 그려진 거의 완성된 사변형의 농장과 회색의 가느다란 선으로 표시된 좁은 자동차 길, 작은 점들로 표시된 플라타너스 나무, 굵은 선으로 표시된 국도를 멍하니 바라보았다.

그리고 한참 후, 그들 자신이 플라타너스가 양옆에 늘어선 회색의 좁은 국도 위에 있었다. 자신들이 길고도 검은 자동차길 위의 반짝이는 작은 점이 되었다. 그들은 풍요의 바다 위에 떠 있는 한 점 궁핍한 섬이었다. 자신들을 둘러싼 광활한 황금빛 밀밭과 군데군데 조그만 붉은 점처럼 흐드러진 개양개비 꽃들을 바라보았다. 그들은 압도당한 느낌이었다.

2부

1

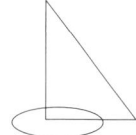

그들은 탈출을 시도했다.

광기에 사로잡혀 살아갈 수는 없는 노릇이었다. 그토록 많은 것을 약속하면서 실은 아무것도 주지 않는 이 세계에서의 긴장은 너무 심했다. 그들의 인내심은 한계에 다다랐다. 어느 날 그들은 자신들에게 피난처가 필요하다는 사실을 깨달았다.

파리에서 그들의 삶은 제자리걸음이었다. 더 이상 한 걸음도 나아가지 못했다. 그들은 가끔 자신들의 꿈에 등장하는 화려한 상상의 묘사에 묘사를 더하면서 미래의 모습을 그려보았다. 나이 마흔의 프티부르주아로 (가계 보장, 맹인과 빈곤층 학생들을 위한 비누) 방문판매 부서 책임자가 된 제롬,

훌륭한 가정주부가 된 실비와 깔끔한 아파트, 소형 자가용, 해마다 휴가를 보내는 아담한 펜션, 텔레비전을 그려보았다. 또는 정반대로 훨씬 비참한 경우 늙은 보헤미안, 구겨진 옷깃에 벨벳 바지, 가끔 있는 일거리로 근근이 살아가며, 머리부터 발끝까지 추레한 행색으로 밤마다 생제르맹이나 몽파르나스의 늘 같은 테라스에 앉아 있는 모습이었다.

모든 유혹의 피난처로 시골에 사는 것을 생각해보았다. 생활은 검소하고 순박할 것이다. 마을 어귀의 하얀 돌집에 살면서 따뜻한 줄무늬 벨벳 바지에 큼직한 신발, 모자 달린 두꺼운 외투, 끄트머리에 쇠를 덧댄 지팡이, 모자를 갖추고 날마다 숲으로 긴 산책을 나갈 것이다. 돌아와서는 영국 사람처럼 차와 토스트를 차리고 벽난로에 장작을 한 아름 넣을 것이다. 아무리 들어도 질리지 않는 사중주곡을 전축에 걸어두고, 읽을 시간이 없어 엄두를 못 내던 두꺼운 소설책을 집어 들 것이다. 친구들을 맞이할 것이다.

전원생활로의 도피는 번번이 생각하는 일이었지만, 그들은 실제로 계획을 이행하지는 않았다. 두세 번 시골에서 자신들이 할 수 있는 일이 무엇인지 알아보았지만, 딱히 할 만한 일이 없었다. 한번은 교사가 되면 어떨까 하는 생각이 머리에 스쳐 지나갔지만, 교실 빽빽이 들어찬 학생들과

진 빠지는 일과를 생각하고는 곧바로 집어치웠다. 지나가는 말로 이동 서점이나 프로방스의 버려진 농가에서 향토색 짙은 도기를 구워내면 어떨까 제안해보기도 했다. 주중에 사흘쯤 파리에서 지내면서 생활비를 벌고, 나머지 시간을 욘이나 루아레에서 편히 보내는 것을 상상하며 즐거워했다. 하지만 새로운 출발에 대한 생각의 싹은 뻗어나가는 법이 없었다. 그들은 실제로 가능한지 혹은 불가능한지를 전혀 염두에 두지 않았다.

일을 그만두고 모든 것에서 벗어나 모험을 떠나는 것을 꿈꿨다. 원점에서 다시 출발하는 것, 전혀 새로운 토대에서 다시 시작하는 것을 상상했다. 단절과 이별을 꿈꿨다.

이런 생각은 자라나 그들 가운데에 천천히 뿌리내리기 시작했다. 1962년 9월 중순, 비와 부족한 돈 때문에 망쳐버린 비참한 휴가에서 돌아올 무렵, 마음은 정해진 것 같았다. 튀니지 교사 자리가 10월 초 《르 몽드》 광고에 실렸다. 그들은 주저했다. 이상적인 기회는 아니었다. 그들은 인도나 미국 아니면 멕시코를 생각하고 있었다. 부와 모험을 보장해주지 않는 지극히 현실적이고 변변찮은 제안이라서 마음이 끌리지 않았다. 하지만 튀니지에는 옛날 동창, 대학에서 만난 몇몇 친구가 있었고, 열기, 새파란 지중해, 새로운 삶, 새로운 출발, 새로운 직업에 대한 약속이 있었다. 그들은 지원하기로 했다. 발령을 받았다.

제대로 된 출발이라면 그에 앞서 오랜 준비 기간이 있었을 것이다. 그들에게는 이 과정이 생략되었다. 거의 탈출이나 다름없었다. 보름 만에 이곳저곳을 뛰어다니며 의료 검진과 여권, 비자, 비행기표, 짐 가방을 준비했다. 학사 학위가 두 개인 실비가 수도인 튀니스에서 270킬로미터 떨어진 스팍스의 기술중학교에 임명되고, 대학 교양 과정만 마친 제롬이 그보다 35킬로미터 더 떨어진 마하르의 초등학교 교사로 발령받았다는 사실을 출발 나흘 전에야 알게 되었다.

나쁜 소식이었다. 그들은 그만두고 싶었다. 친구들이 기다리고 있고, 그들을 위한 집이 있고, 그들이 원했고 발령받으리라 믿었던 곳은 튀니스였다. 하지만 너무 늦었다. 살던 아파트를 세놓고, 자리를 받아들이고, 고별 파티도 끝낸 상태였다. 오래전부터 떠날 때를 생각해왔다. 이름도 거의 처음 들어보는 스팍스는 세상의 끝, 오지나 다름없었다. 이전까지 한 번도 경험해본 적 없는 고립감, 모든 것으로부터 멀어져 완전한 단절 상태에 처하게 되리라는 걱정조차 극한 상황에 대해 갖고 있던 강한 열망 때문에 심각하게 받아들여지지 않았다. 그렇지만 초등학교 교사 자리가 최악은 아니더라도 지극히 힘든 일이 되리라는 데에는 둘 다 의견을 같이했다. 제롬은 자리를 단념하기로 했다. 실비가 버는 것만으로도 자신이 어떤 일자리든 얻을 때까지 꾸려갈 수 있으리라 생각했다.

마침내 그들은 떠났다. 10월 23일 아침, 역까지 배웅을 받으며 책을 넣은 짐 가방 네 개와 간이침대를 챙겨 마르세유에서 튀니스행 코망당크뤼벨리에호(號)에 승선했다. 해상 상태는 나빴고, 점심은 형편없었다. 둘 다 몸이 좋지 않아 약을 먹고 깊이 잠들었다. 이튿날, 튀니지가 눈에 들어왔다. 날씨는 맑았다. 둘은 마주 보고 미소 지었다. 이름이 '플란'이라는 섬과 길고 좁다란 해변, 굴레트를 지나 호수 위에서 철새들이 비상하는 것을 보았다.

그들은 떠났다는 사실에 행복했다. 만원인 지하철, 짧기만 한 저녁, 치통처럼 따라붙는 통증과 불확실성의 지옥에서 빠져나온 것 같았다. 모든 것이 불투명했다. 그들의 삶은 팽팽한 줄 위에서 끊임없이 춤춰야 하는 꼴에 지나지 않았고, 미래는 꽉 막혀 있었다. 극심한 공허감, 기댈 곳도 없으면서 끝을 모르는 비참한 욕망에 시달렸다. 그들은 소진된 느낌이었다. 은둔하기 위해, 잊기 위해, 자신들을 달래기 위해 떠났다.

태양은 빛나고 있었다. 좁은 수로를 배가 소리도 없이 천천히 나아갔다. 가까운 도로 위, 지붕 없는 자동차에 선 사람들이 그들에게 손짓했다. 하늘에 작은 흰 구름이 멈춰 서 있었다. 날은 벌써 더웠다. 상갑판의 난간 보호판이 뜨끈했다. 그들 아래 갑판에서는 선원들이 긴 의자를 쌓아 올리고 방파제 경사면을 보호하는 긴 방수포를 깔았다. 상륙을 위한 통로에 사람들이 줄을 서기 시작했다.

스팍스에 도착한 것은 그 이튿날, 일곱 시간의 기차 여행 후, 오후 2시경이었다. 더위가 대기를 짓누르고 있었다. 흰색과 장밋빛의 아담한 역 맞은편에는 먼지로 뿌연 긴 대로에 보기 흉한 야자수와 새로 지은 건물들이 정렬해 있었다. 기차가 도착하고 나서 얼마 후, 시내의 몇 대 안 되는 자동차와 자전거가 떠나고 나자, 도시는 다시 완전한 적막에 휩싸였다.

그들은 수화물 보관소에 가방을 놔두고 부르기바라 불리는 대로에 들어섰다. 300미터쯤 걸어가자 레스토랑이 보였다. 커다란 벽걸이 회전 선풍기가 윙윙거리며 돌아가고 있었다. 수염도 제대로 깎지 않은 웨이터가 귀찮다는 듯 냅킨을 흔들며 방수포가 깔린 끈적거리는 테이블에 달라붙은 파리 떼를 쫓았다. 200프랑으로 참치 샐러드와 밀라노식 에스칼로프[28]를 먹었다.

그리고 호텔을 찾아 방을 하나 잡고, 가방을 가져오게 했다. 손과 얼굴을 씻고 잠깐 누웠다가 옷을 갈아입고 다시 내려갔다. 실비가 기술 중학교를 방문하는 동안 제롬은 밖에서 의자에 앉아 기다렸다. 4시쯤 되자 스팍스가 서서히 깨어나기 시작했다. 아이가 수백 명 나타나고, 히잡을 쓴 여인들, 회색 포플린 제복을 입은 경찰들, 거지들, 짐수레, 당나귀, 순진한 얼굴의 사람들이 보였다.

실비가 한 손에 시간표를 들고 나왔다. 그들은 거리를 계속 돌아다녔다. 작은 병맥주를 마시고, 올리브와 소금을 친 아몬드를 먹었다. 신문팔이가 이틀 지난 《피가로》를 팔았다. 마침내, 그들은 도착한 것이었다.

그다음 날, 실비는 앞으로 동료로 지낼 몇 명과 인사를 나눴다. 그들이 아파트 구하는 것을 도와주었다. 어마어마

---

[28] 육류, 생선을 얇게 썬 고깃점.

하게 큰 방이 세 개 있고 천장이 높은, 장식이라고는 전혀 없는 아파트였다. 긴 복도를 지나면 작은 방이 나오고, 침실 세 개와 욕실, 거대한 부엌으로 통하는 문 다섯 개가 보였다. 발코니 두 개는 각각 생트로페 분위기가 나는 작은 어항(漁港) 남쪽 수로 A도크와 악취를 풍기는 석호를 향해 있었다. 아랍의 도시에 첫발을 내딛고 한 일은 철제 그물침대 밑판과 말총 매트리스, 등나무 안락의자 두 개, 로프로 만든 풋스툴 네 개, 테이블 두 개, 빨간색 무늬가 들어간 노란 나래새 돗자리를 산 것이었다.

실비는 수업을 시작했다. 조금씩 정착해갔다. 이제나저제나 기다리던 짐 가방이 마침내 도착했다. 책과 음반, 전축, 잡동사니들을 풀었다. 빨간색과 회색, 초록색의 커다란 압지로 전등갓을 만들었다. 제대로 다듬어지지 않은 긴 패널과 구멍이 숭숭 난 벽돌을 사서 양옆 벽의 절반 정도를 선반으로 짰다. 사방의 벽에 복제화 수십 점을 걸고, 가장 잘 보이는 곳에 친구들 사진을 전부 붙였다.

집은 쓸쓸하고 냉랭했다. 황갈색과 노란색 석회로 칠해진 지나치게 높은 벽에는 커다란 패널들이 이어 붙여져 있었다. 아무 색깔 없는 큰 바둑판무늬의 타일 바닥은 무미건조해 보였다. 쓸모없는 공간, 그들이 살기에는 모두 너무 크고, 너무 밋밋했다. 대여섯 명은 되어야 했다. 좋은 친구 몇 명이 함께 마시고, 먹고 이야기를 나누기에 알맞은 크기였다. 하지만 그들은 외로이 단둘뿐이었다. 거실에는 얼마 전까지만 해도 그들의 다른 삶을 장식해주던 물건들, 작은 매트리스와 얼룩덜룩한 이불이 덮인 간이침대, 바닥에 아무렇게나 뒹구는 쿠션들, 그 밑에 깔린 두툼한 돗자리, 무엇보다 책들, 플레야드판, 잡지 시리즈, 티스네[29] 네 권, 그리고 잡동사니 장식품, 음반, 커다란 해도, 「카루젤의 축제」 판화가 이제는 모래와 돌로 된 이곳에서 카트르파주가의 사철 푸르던 나무와 아담한 정원이 딸린 그들의 옛집을 생각나게 했다. 더위를 어느 정도 막아주는 거실에서 옆에 자그마한 터키풍 커피잔을 두고, 바닥에 배를 깔고 엎드려 「크로이체르 소나타」, 「대공(大公)」, 「죽음과 소녀」를 들었다. 가구라고는 거의 없는 텅 빈 넓은 공간, 홀이나 다름없는 거실에서 듣는 사운드는 너무나 경이로워 그들을 사로잡고 분위기를 일순간 바꾸어놓았다. 음악이 손님처럼 나타나, 마치 오랫동안 보지 못하다가 우연히 만난 아주 친한 친구처럼, 식사를 함께하고 파리에 대해 이야기하는 것 같았다. 익

---

[29] 예술 관련 출판사 피에르 티스네에서 출판된 책들을 말한다.

숙한 사운드는 11월의 상쾌한 이 저녁, 어느 것도 익숙하지 않고 낯설기만 한 이국의 도시에서 그들을 과거로 이끌어, 거의 잊고 지내던 공유의 느낌과 삶을 나누는 느낌을 되살려주었다. 마치 이 좁은 둘레, 돗자리를 깐 부분, 선반 두 개, 전축, 원뿔 모양 전등갓이 만들어낸 둥근 빛 둘레로 시간과 거리가 침범하지 못하는 안전지대가 옮겨져 소생한 것 같았다. 하지만 나머지는 모두 유배지요, 미지의 땅이었다. 발걸음 소리가 너무 크게 울리는 긴 복도, 쓸데없이 크고 냉랭해서 정이 가지 않는 침실에 가구라고는 짚 냄새 풍기는 크고 딱딱한 침대와 머리맡 탁자를 대신하는 낡은 상자, 그 위에 놓인 건들거리는 램프, 속옷이 하나 가득 든 버드나무 가방, 옷 더미가 쌓여 있는 스툴이 전부였다. 세 번째 방은 사용하지 않았고, 들어가는 일도 없었다. 돌계단과 늘 날아드는 모래로 골치 아픈 큰 현관. 거리. 2층 건물 세 채, 해면(海綿)을 말리는 헛간, 공터. 이것이 주변 풍경이었다.

아마 스팍스에서 보낸 8개월이 그들 생애에서 가장 희한한 시기였을 것이다.

전쟁 중에 파괴된 유럽풍 도시이자 항구인 스팍스는 직각으로 교차하는 서른여 개의 길로 이루어져 있었다. 역에서 중앙 시장으로 큰길 두 개가 이어지는데 그 근처에 실비와 제롬이 사는 부르기바가와 항구에서 아랍인 마을로 가는 헤디사케르가가 있었다. 그 두 길이 만나는 곳에 도시 중심부가 형성되어 있었다. 시내라고 해봐야 1층에 있는 두 개의 전시실에 옛날 자기 몇 점과 모자이크 여섯 점, 독립 직전에 공산당의 손에 암살된 헤디 사케르의 묘지와 그의 동상이 서 있는 시청, 아랍인들이 드나드는 '카페 드 튀니스'와 유럽인들이 단골인 '카페 드 라 레장스', 작은 꽃밭, 신문 가판대, 담배 가게가 전부였다.

유럽풍 거리를 돌아보는 데는 15분이면 충분했다. 실비와 제롬의 집에서 기술 중학교까지 3분, 시장까지는 2분, 매끼를 해결하는 식당까지는 5분, 카페 드 라 레장스까지 6분, 은행, 시립 도서관, 시내 일곱 개 영화관 중 여섯 곳까지도 마찬가지 거리였다. 우체국, 역, 튀니스나 가베스까지 가는 렌터카 주차장도 10분이 안 되는 곳에 있었다. 이들 장소가 스팍스에 살려면 알아야 할 전부였다.

요새였던 아랍인 거리는 고색이 짙고, 아름다웠다. 이중의 성벽에 난 문들은 그야말로 장관이었다. 그들은 자주 그곳을 찾았다. 오로지 산책을 위한 목적이었고, 글자 그대로 산책자에 불과했기 때문에 늘 이방인일 수밖에 없었다. 가장 간단한 구조도 이해하지 못했기 때문에, 보이는 것이라곤 미로처럼 얽힌 골목뿐이었다. 고개를 들어 잘 벼려 만든 철제 발코니와 색칠한 들보, 완벽한 첨두홍예 창문, 빛과 그림자가 만들어내는 미세한 움직임, 상상할 수 없을 만큼 좁은 계단에 찬탄을 보내고는 했다. 하지만 그들의 산책에는 아무 목적지가 없었다. 늘 한 바퀴 빙 도는 것에 그치고, 매번 길을 잃지나 않을까 노심초사했으며, 그마저 금방 싫증을 냈다. 계속 이어지는 허름한 노점상과 모두 엇비슷한 가게들, 답답한 시장, 사람들이 들끓는가 하면 갑자기 텅 빈 거리가 나타나는 도무지 알 수 없는 길들, 좀체 움직이지 않는 사람들 무리 틈에서 결국 그들의 마음에 드는 것은 아무것도 찾을 수 없었다.

이 낯선 느낌은 갈수록 심해져서 그들을 거의 짓누르다시피 했다. 아무 할 일 없는 긴 오후, 기대할 것 없는 일요일이 돌아오면 아랍인 거리를 이쪽 끝에서 저쪽 끝까지 가로지르고, 밥 제블리 거리를 넘어 끝없이 이어지는 스팍스 외곽을 돌아다녔다. 수 킬로미터에 걸쳐 작은 정원과 선인장 울타리, 벽토로 지은 집, 양철과 종이 박스로 만든 오두막, 썩어가는 텅 빈 거대한 석호, 그리고 눈길이 닿을 듯 말 듯한 저 멀리 올리브밭이 펼쳐져 있었다. 그들은 몇 시간이고 돌아다녔다. 병사(兵舍) 앞을 지나가고, 공터와 질척거리는 땅을 가로질러 걸어 다녔다.

다시 유럽인 거리로 들어설 때면, 힐랄이나 누르 극장 앞을 지나자면, 또 레장스 카페 테이블에 앉아 코카콜라나 병맥주를 시키려고 웨이터를 손뼉으로 부를라치면, 그리고 지저분하고 기다란 흰색 옷에 터번을 쓴 행상에게서 원뿔 모양 봉투에 담은 땅콩, 구운 아몬드, 피스타치오, 잣을 살 때면 항상 집에 돌아온 것 같은 우수에 젖었다.

그들은 먼지를 뽀얗게 뒤집어쓴 야자나무 옆을 걸었다. 부르기바가에 들어선 신(新)무어 양식의 건물 앞쪽으로 걸었다. 못 봐줄 만큼 끔찍한 진열장에 초점 잃은 시선이 닿았다. 금방 부서질 것 같은 가구, 버린 철로 만든 전기스탠드, 방한용 모포, 학생 노트, 외출복, 여성 구두, 부탄가스 캔. 이것이 그들이 선택한 유일한 세계, 현실의 세계였다. 발을 끌며 집으로 돌아왔다. 제롬은 체코슬로바키아산 포트에 커피를 끓이고, 실비는 학생들 과제물 한 뭉치를 고쳤다.

제롬은 처음 얼마 동안 일자리를 찾으려 애썼다. 튀니스에 몇 번 가고, 프랑스에서 마련해 온 소개장과 튀니지 친구들 덕에 정보국, 라디오국, 관광부, 교육부의 몇몇 공무원을 만날 수 있었다. 헛수고였다. 구매동기 조사는 튀니지에 존재하지 않았다. 시간제 일도 구할 수 없었고, 어쩌다 나타나는 한직도 제롬에게는 돌아오지 않았다. 그는 전문가가 아니었다. 엔지니어나 회계사도 아니고, 산업 디자이너도 의사도 아니었다. 또다시 초등학교 교사나 자습 감독 정도의 일을 제안받았다. 그는 거절했다. 너무 쉽게 모든 희망을 포기해버렸다. 실비의 봉급은 둘이서 옹색하게 살 정도였다. 스팍스에서는 모두 그렇게 살았다.

실비는 덩치만 컸지 글이라는 걸 제대로 쓸 줄 모르는 학생들에게 교육 과정에 맞춰 말레르브와 라신의 숨은 미학을 이해시키느라 진을 뺐다. 제롬은 허송세월했다. 그는 이전에 추진하지 못했던 여러가지 계획, 사회학 시험 준비나 영화에 관한 아이디어 정리 같은 일에 손을 댔다. 웨스턴 신발을 신고 거리를 어슬렁거리는가 하면, 항구를 쏘다니고 시장을 기웃거렸다. 박물관에 가서 홀의 안내인과 노닥거리고, 오래된 항아리, 비문(碑文), 사자 굴의 다니엘,[30] 바다의 여신 암피트리테가 돌고래를 타고 가는 모자이크[31]를 감상했다. 성벽 기슭에 마련된 코트에서 열리는 테니스 경기를 보러 가기도 하고, 아랍인 거리를 가로질러 시장을 돌아다니면서 천과 구리 제품, 안장 따위를 손으로 가늠해가며 살펴보기도 했다. 신문이란 신문은 모조리 사서 낱말 맞히기를 하고, 도서관에서 책을 빌렸다. 친구들에게 우울한 편지를 보내기도 했지만, 대개는 답장을 기대할 수 없었다.

실비의 시간표에 따라 생활의 리듬이 맞춰졌다. 그들의 한 주는 길일이 적힌 책력처럼 움직였다. 월요일은 아침 시간이 비는 날, 영화관의 새 프로그램이 시작하는 날, 수요일은 오후가 비는 날, 금요일은 하루가 완전히 자유로운 날, 또 영화관 프로그램이 바뀌는 날로 길일이고, 나머지는 모두 별 볼 일 없는 날이었다. 일요일은 그저 그랬다. 아침에는 침대에서 뒹굴뒹굴하는 기분이 좋았다. 파리에서 주간지가 도착하고, 긴 오후가 펼쳐지는 것이었다. 일요일 저녁은 운 좋게 마음에 드는 영화가 걸리지 않는 한 끔찍했다. 하지만 같은 주 삼사일 만에 훌륭한 영화, 아니 단순히 볼 만한 영화 두 편을 기대한다는 건 무리였다. 이렇게 한 주

---

30 구약성서 「다니엘서」의 주인공으로, 고관들의 질시로 사자 굴에 던져졌지만 신의 가호를 받아 무사했다.
31 그리스신화에 나오는 바다의 신 포세이돈의 아내. 포세이돈의 청혼을 거절하고 도망쳐 숨은 암피트리테를 돌고래가 찾아내 포세이돈에게 데려다주었다고 한다.

한 주가 흘러갔다. 거의 기계적으로 이어졌다. 4주가 한 달이 되었다. 달들은 대부분이 엇비슷했다. 낮이 짧아지는가 싶더니 점점 길어져갔다. 겨울은 축축하고 추웠다. 그들의 인생이 흘러갔다.

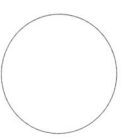

2

그들의 고독은 절대적이었다.

스팍스는 알 수 없는 도시였다. 어떤 때는 아무도 이 도시에 뿌리내리지 못할 것처럼 보였다. 대문은 열리는 법이 없었다. 거리에는 이따금 사람들이 있었다. 저녁이면 몰려든 군중이 헤디사케르가의 아케이드 아래 마브룩 호텔, 데투르 선전 기관, 힐랄 극장, 델리스 제과점 앞으로 끊임없이 이어지는 파도처럼 몰려왔다 가기를 반복했다. 공공장소에는 사람들이 있는 편이었다. 하지만 그 나머지 주변, 항구와 성곽을 따라 조금만 벗어나면 쓸쓸하고 죽은 도시였다. 앉은뱅이 야자수가 둘러선 누추한 성당 앞으로 모래가 쌓인 커다란 광장이 휑했다. 픽빌가를 따라 공터들과 이층집들이 늘어서 있었다. 적막하고 침침하며 볼 것 하나 없이 직선으로 뻗은 망골테가와 페자니가, 압델카데르즈갈가로 모래가 쓸려 왔다. 잘 자라지 못한 야자수가 바람에 흔들렸다. 껍질이 부풀어 오른 종려나무 가지에 부채 같은 잎이 겨우 몇 개 달려 있었다. 고양이 한 떼가 쓰레기통 속으로 미끄러지듯 들어갔다. 이따금 누렁이 한 마리가 다리 사이에 꼬리를 감추고 벽을 스치며 지나갔다.

아무도 없었다. 늘 굳게 닫힌 문 뒤에 장식 없는 복도와 돌계단, 막힌 안뜰 외에는 아무것도 없었다. 수직으로 교차하는 길들, 철제 셔터, 산울타리, 막다른 광장, 막다른 골목, 존재하지 않는 유령 같은 대로의 세계. 그들은 말없이 방향을 잃고 걸었다. 이따금 모든 것이 환영에 불과하며, 스팍스는 존재하지도 숨 쉬지도 않는 것 같다는 생각에 사로잡혔다. 그들은 공모의 신호를 찾아 주변을 헤맸다. 아무것도 응답하지 않았다. 거의 고통에 가까운 고립감이었다. 그들은 이 세상을 박탈당했다. 세상에 몸담고 있지 않았다. 세상에 속하지도 않고, 앞으로도 속하지 못할 것이다. 아주 오래전에 만들어진 그리고 영원히 계속될 엄격한 규율이 그들을 배척하는 듯했다. 어디든 가고 싶은 대로 갈 수 있었지만, 아무도 그들에게 신경 쓰지 않고 아무 말도 걸지 않았다.

그들은 영원히 낯선 사람, 이방인으로 남으리라. 항구의 이탈리아인, 몰타인, 그리스인들이 그들이 지나가는 모습을 아무 말 없이 지켜보리라. 금테 안경에 온통 하얗게 차려입은 올리브 농장주가 경호원을 대동하고 베이가를 느리게 걸어갈 때도, 그들 곁을 지나며 눈길도 주지 않으리라.

실비는 동료들과 형식적인 관계였고, 대개는 거리를 두고 있었다. 프랑스인 정교사들은 계약직 임시 교사를 전적으로 신임하는 것 같지 않았다. 차별 대우를 하지 않는 사람들조차도 실비가 자신들의 이미지에 맞지 않는 것을 못마땅해했다. 그들은 실비가 문화적 소양을 갖추고 몸가짐이 바르며 위엄 있는 지방의 착실한 프티부르주아 여교사 이미지에 걸맞기를 원했다. 그들이 프랑스를 대표하고 있었다. 이른바 두 종류의 프랑스가 존재하고 있었다. 새내기 교사로서 가능한 한 빨리 앙굴렘이나 베지르, 타르브에 작은 집을 마련하고자 애쓰는 축, 또 다른 쪽은 반항하고 저항하는 축으로서 제3세계 식민지 문제는 건드리지 않았지만, 언제든지 다른 이들을 경멸할 태세를 갖춘 이들이었다. (하지만 이런 부류는 사라져가고 있었다. 대부분 사면을 받았고, 그 나머지는 알제리나 기니에 정착하기 위해 떠났다.) 이 두 부류 중 어느 쪽도 영화관 앞자리의 원주민 아이들 옆에 앉거나,

백수건달처럼 수염이 덥수룩한 채, 헌 신발을 질질 끌며 엉망인 옷차림으로 길거리를 어슬렁대는 것은 못 봐줄 듯했다. 책이나 음반을 서로 빌리고 레장스 카페에 앉아 어쩌다 한번 이야기를 나누는 것이 전부였다. 정감 어린 초대나 생기 있는 우정은 어느 곳에도 없었다. 그런 것은 스팍스에서 기대할 수 있는 것이 아니었다. 사람들은 살기에 너무 큰 집에 들어앉아 자신들에 파묻혀 움츠리고 지냈다.

다른 사람들, 스팍스가프 회사, 정유사의 프랑스인 직원들이나 이슬람교도, 유대인, 알제리 출신 프랑스인들과의 관계는 더 끔찍했다. 교류는 불가능했다. 일주일 내내 누구와도 말하지 않기도 했다.

얼마 안 가 삶 전체가 그들 안에서 멈춰버릴 것 같았다. 시간은 동요 없이 흘렀다. 더 이상 어느 것도 그들을 이 세계에 붙잡아두지 못했다. 때늦게 들어오는 신문들이 선의의 거짓말이거나 이전 삶의 추억, 다른 세계의 그림자에 지나지 않는 건 아닐까 하고 의심할 정도였다. 그들은 스팍스에 살고 있고 앞으로도 살 것이다. 더 이상의 계획, 더 이상의 조바심도 없었다. 아무것도 기대하지 않았다. 늘 멀기만 한 휴가나 프랑스로 돌아가는 일조차 꿈꾸지 않았다.

기쁨도 슬픔도 심지어 권태도 느끼지 않았다. 자신들이 살고 있는 것인지, 과연 실제로 살고 있는 것인지 자문하는 일까지 있었다. 이 실망스러운 질문으로부터 어떤 특별한 만족도 얻지 못했지만, 이따금 혼란스럽고 모호하게나마 이곳에서의 삶이 분수에 맞고, 심지어 역설적이게도 이런 삶이 그들에게 필요하다는 생각까지 했다. 그들은 무(無)의 한가운데, 직선으로 난 길과 누런 모래, 석호, 잿빛 야자수로 된 무인도에, 그들이 이해하지 못하고 이해하려 들지도 않을 세계에 살고 있었다. 그들은 이전까지 한 번도 다른 경치나 기후, 다른 삶의 방식에 자신들을 맞추고 변화시키기 위해 준비를 해본 적이 없었다. 단 한순간도 실비는 사람들이 만들어놓은 교사상에 걸맞은 적이 없었다. 거리를 배회하는 제롬은 그의 영국제 신발 밑창에 조국, 동네, 아지트, 활동 무대를 끌고 다닌다는 인상을 주었다. 그들이 주거지로 고른 라르비 자루크가에는 카트르파주가의 자랑거리인 모스케조차 없었다. 스팍스의 나머지 거리에는, 그들이 그토록 상상하기 위해 애를 썼음에도, 맥마흔이나 해리스바, 발자르, 콩트르스카르프, 살 플레옐, 6월 어느 날 밤의 센 강변은 없었다. 대신 무(無)만이 감돌았다. 하지만, 정확히 이 전무함 때문에, 다시 말해 모든 것이 부재하는 완전한 진공상태로서의 중성의 장소, 백지상태 때문에 자신들이 정화되고 위대한 단순함과 진정한 겸손을 되찾은 것 같았다. 분명히, 튀니지 전체의 빈곤을 생각하면, 샤워와 자동차, 시원한 음료수에 길든 문명인이 느끼는 자잘한 불편쯤이야 더 이상 아무것도 아니었다.

실비는 수업을 하며 학생들에게 질문하고, 숙제를 고쳤다. 제롬은 시립 도서관에 가서 손에 잡히는 대로 보르헤스나 트루아야, 제라파의 책을 읽었다. 그들은 작은 식당에 가서 거의 매일 같은 테이블에 앉아 식사를 했다. 참치 샐러드, 빵가루를 씌워 튀긴 에스칼로프, 꼬치구이, 노르스름하게 구운 생선, 과일을 먹었다. 레장스 카페에 가서 시원한 물이 딸려 나오는 에스프레소를 마셨다. 신문 한 뭉치를 읽고 영화를 보고 거리를 쏘다녔다.

그들의 삶은 마치 고요한 권태처럼 아주 길어진 습관 같았다. 아무것도 없지 않은 삶.

3

●

  4월부터 짤막한 여행을 하기 시작했다. 가끔 사나흘 정도 시간이 나거나 돈이 너무 궁색하지만 않으면, 자동차를 빌려 남쪽으로 떠났다. 또는 토요일 저녁 6시에 합승택시를 타고 수스나 튀니스로 떠나 월요일 정오까지 머물렀다.

  스팍스를, 우울한 거리를, 그 무(無)의 상태를 탈출하고 싶었다. 파노라마 같은 전경과 지평선, 폐허에서 무엇인가 깜짝 놀라게 홀릴 만한 것, 이미지를 반전시킬 만한 열기로 가득한 경이로움을 찾고 싶었다. 궁전과 사원, 극장의 잔해, 혹은 뾰족한 봉우리 높이에서 초록 오아시스를 발견할 때나 긴 백사장이 이쪽에서 수평선 저쪽으로 반원을 그리며 펼쳐지는 광경을 만날 때면 그들의 탐험이 보상을 받는 듯했다. 하지만 대개는 스팍스로부터 수십, 수백 킬로미터 떨어진 곳에서 똑같이 음울한 거리와 사람들로 들끓는 수수께끼 같은 시장, 똑같은 석호와 추레한 야자수, 다를 바 없는 척박함을 발견할 뿐이었다.

그들은 가베스, 토제르, 네프타, 가프사, 메틀라우이를 가보고 스베이틀라, 카세린, 텔렙트의 폐허를 둘러보았다. 과거 그들의 귀에 매혹적으로 들리던 이름들, 마하레스, 물라레스, 마트마타, 메데닌 같은 이제는 죽어버린 도시들을 여행했다. 리비아 국경까지 올라가보았다.

사람이 살 수 없는 회색의 돌투성이 땅이 수 킬로미터에 걸쳐 펼쳐졌다. 줄기가 날카롭고 거의 말라버린 빈약한 덤불 말고는 아무것도 자라지 못했다. 먼지구름을 뚫고 오래된 바퀴 자국이나 반쯤 지워진 타이어 자국이 남은 길을 따라 몇 시간이고 달려가 만나는 지평선은 낮은 잿빛 언덕에 불과했으며, 마주치는 것이라고는 당나귀 뼈나 낡고 녹슨 양철통, 전에는 집이었음직한 반쯤 허물어진 돌무더기뿐이었다.

표지가 있는 자동차 길을 따라가기도 했지만, 도로가 파여서 위험할 때가 많았다. 그들은 거대한 염수호를 가로질렀다. 양옆으로 끝없이 펼쳐지는 희끗희끗한 표면이 태양 아래 빛날 때면, 지평선 가까이 사라지는 광채를 만들어내곤 했다. 그럴 때마다 호수는 신기루처럼, 물결치는 파도처럼, 총안형의 성벽처럼 보였다. 자동차를 멈추고 몇 걸음 걸어보기도 했다. 딱딱한 소금층 아래 금이 간 밝은 갈색 점토판이 내려앉으면서 발이 쑥쑥 빠지는 치밀하고 폭신폭신한 짙은 색 진흙이 나타났다.

털이 듬성듬성 빠진 낙타들이 족쇄로 묶여 있었다. 낙타는 머리를 크게 흔들어가며 희한하게 뒤틀린 나무 잎사귀들을 뜯어 먹으면서, 멍청해 보이는 두꺼운 아랫입술을 길쪽으로 내밀었다. 반쯤 야생에 가까운 옴에 걸린 개들이 원을 그리며 뛰어다녔다. 마른 돌 더미가 무너져 내린 성벽이 보였다. 긴 꼬리의 흑염소와 모포를 기워 만든 낮은 천막들이 보이면 마을과 도시가 나타나리라는 신호였다. 길게 이어진 단층짜리 네모난 집들, 지저분할 대로 지저분해진 흰색 건물의 정면, 이슬람교 사원의 네모난 첨탑, 성자를 기리는 돔이 보였다. 당나귀를 끌고 가며 종종걸음 치는 농부를 지나쳐 그 마을의 단 하나밖에 없는 호텔 앞에 멈췄다.

벽 아래 웅크린 남자 세 명이 올리브유에 적신 빵을 먹고 있었다. 아이들은 뛰어다녔다. 온통 검은색 또는 보라색 부르카로 거의 눈까지 가린 여인들이 이따금 이 집에서 저 집으로 미끄러지듯 사라졌다. 카페 두 곳의 테라스가 거리까지 넓게 나와 있었다. 확성기로 아랍 음악이 흘러나왔다. 새된 음률이 수없이 반복되다가 합창으로 이어졌다. 날카로운 소리의 피리로 연주되는 신도송(信徒頌), 그리고 탬버린과 키타라[32]의 귀에 거슬리는 소리가 흘러나왔다. 그늘 속에 앉은 남자들이 차를 마시면서 도미노 게임을 하고 있었다.

그들은 거대한 저수지를 따라 걸었다. 걷기 어려운 길을 통해 폐허를 둘러보았다. 더 이상 떠받칠 것이 없게 된 7미터 높이의 기둥 네 개와 무너진 집들을 구경했다. 터는 손상되지 않아서 방들이 있던 자리가 바둑판무늬처럼 선명했고, 끊어질 듯 이어지는 시렁과 지하 저장실, 포석 깔린 길, 하수도 시설의 흔적들이 남아 있었다. 안내인이라고 자처하는 사람들이 그들에게 은으로 만든 작은 물고기와 녹슨 동전, 구운 흙으로 만든 작은 조각상들을 팔려고 했다.

다시 출발하기 전에 아랍 전통 시장을 들렀다. 가게와 막다른 골목, 통로의 미로에서 길을 잃었다. 이발사가 산더미처럼 쌓인 질그릇을 옆에 두고, 길거리 한복판에서 면도를 하고 있었다. 고춧가루가 가득 든 원뿔 모양 광주리 두 개

---

[32] 고대 그리스의 현악기.

를 실은 당나귀가 서 있었다. 금은세공 시장과 포목 시장에서는 쌓아 올린 천 더미 위에 맨발로 책상다리를 하고 앉은 상인들이 그들 앞에 긴 양모 양탄자, 짧은 털 양탄자를 펼쳐 보이고, 붉은 양모로 만든 아라비아풍 외투, 양모와 비단으로 만든 숄, 은장식이 달린 가죽 안장, 돋을무늬 압착 세공을 한 구리 그릇, 가공 목재, 무기류, 악기, 아기자기한 보석, 금실로 수를 놓은 숄, 커다란 아라베스크 무늬를 넣은 송아지 가죽을 팔고 있었다.

그들은 아무것도 사지 않았다. 살 줄을 몰라서이기도 하고, 흥정을 해야만 한다는 사실이 부담스러워서이기도 했지만, 무엇보다 마음에 드는 물건이 없었다. 제아무리 사치스럽게 꾸민 물건이라 해도 그들이 보기에는 전혀 고급스럽지 않았다. 그들은 재미난 듯 혹은 무관심한 듯 지나쳤다. 보이는 모든 것이 낯설고 다른 세계에 속한 것처럼 여겨져서 그들의 관심 밖에 있었다. 이 여행에서 남은 것이라곤 무(無)와 메마름의 인상이었다. 황량한 가시덤불, 대초원, 석호, 아무것도 자라지 못하는 광물질의 세계, 그들만의 고독, 그들만의 척박함에 갇힌 세계.

하지만 튀니지에서 그들이 꿈에 그리던 세상에서 가장 아름다운 집을 만날 수 있었다. 하마메트에 있는 영국인 노부부의 집이었다. 튀니지와 피렌체를 오가며 지내는 이 노부부에게 손님 접대는 단둘이 지내는 권태에서 벗어날 수 있는 유일한 방법처럼 보였다. 제롬과 실비 말고도 족히 열두 명 정도 되는 손님이 더 있었다. 분위기는 경박하고 짜증스럽기까지 했다. 실내에서 할 수 있는 게임들, 브리지나 카나스타 카드놀이를 하다가 속물적인 이야기로 화제가 흘렀다. 런던이나 파리에서 바로 들어온 가십거리에 정통한 척하며 단호한 평가를 내리기도 했다. (그 남자가 정말 마음에 들더군이라든가 그가 하는 일은 정말 괜찮단 말이야 하는 식이었다.)

하지만 집만큼은 지상낙원이었다. 지방색이 가미된 아담한 단층짜리 오래된 집은 고운 백사장으로 향하는 경사가 완만한 커다란 공원 한가운데 자리 잡고 있었는데, 해를 거듭해가며 가꾸어온 것이었다. 다양한 양식의 크고 작은 별채들이 성좌처럼 둘러싸고 있어서 집이 태양처럼 빛났다. 공원에 흩어져 있는 작은 정자, 비밀스러운 공간, 방갈로, 그 둘레로 베란다를 갖춘 별채들이 투명한 빛이 들어오는 갤러리를 통해 서로 연결되었다. 팔각형 홀이 있었는데, 입구라고는 자그마한 문과 좁은 총안 두 개가 전부였다. 두꺼운 벽 전체가 완전히 책으로 빼곡히 들어차 있어 홀은 무덤처럼 어둡고 서늘했다. 수도승의 독방처럼 하얗게 회칠한 작은 방에 가구라고는 사하라풍 안락의자 두 개와 낮은 테이블이 전부였다. 또 다른 방은 기다랗고 천장이 낮고 좁았으며 그 위로 두꺼운 돗자리가 깔려 있었다. 또 다른 방은 영국식 가구가 들어와 있었는데, 벽 안쪽에 쿠션이 있는 긴 의자가 놓여 있고 거대한 벽난로 양옆으로도 긴 의자 두 개가 마주 보고 있었다. 정원에는 레몬 나무와 오렌지 나무, 편도 나무를 사이에 끼고 흰색 대리석 오솔길이 구불구불 나 있고, 그 가장자리에 고풍스러운 조각들과 신전 기둥의 파편들이 줄지어 서 있었다. 시냇물, 폭포, 인조 동굴, 커다란 흰 수련 사이로 은빛 줄무늬 물고기가 노니는 못이 있었다. 실비와 제롬의 상상에서처럼 공작이 자유롭게 노닐었다. 장미꽃이 흐드러지게 핀 아치형 통로가 초록의 보금자리로 이어졌다.

하지만 너무 늦었다. 하마메트에서 보낸 사흘의 시간이 그들의 무기력을 깨우지는 못했다. 그들이 맛본 사치, 안락함, 무엇이든 풍부하게 제공되는 여유로움, 눈으로 직접 확인한 아름다움이 더 이상 그들에게 아무 의미가 되지 못했다. 예전 같았으면 욕실에 칠해진 바둑판무늬나, 정원의 분수, 커다란 현관에 깔린 타탄체크 양탄자, 떡갈나무 책장,

도자기, 꽃병, 카펫에 넋을 잃었을 것이다. 하지만 지금은 단지 추억으로 기념할 뿐이었다. 그것들에 무감각하게 되었다기보다는 이제 그 세계를 이해하지 못하게 되었을 뿐이었다. 그들은 지표를 상실했다. 아마도 여기서 그들이 경험한 튀니지, 화려함의 흔적이 남아 있는 국제 도시 튀니지, 날씨는 온화하고, 일상이 다채롭고 변화무쌍하게 이어지는 이 튀니지야말로 그들이 가장 쉽게 정착할 수 있었을 곳이었다. 과거에 그들이 꿈꾸던 것도 이런 종류의 삶이었다. 하지만 그들은 스팍스 사람, 시골뜨기, 망명자가 되고 말았다.

기억 없는 세계, 추억 없는 세상. 헤아리지 않아도 무미건조한 날과 주, 시간은 여전히 흘러갔다. 그들은 더는 욕망하지 않았다. 무심한 세계. 기차가 도착했다. 배가 항구에 정박해서 공작기계, 약품, 볼 베어링을 하역하고 인광석과 올리브유를 실었다. 짚을 실은 트럭이 도시를 가로질러 척박한 남부 지방으로 향했다. 일상은 똑같이 반복되었다. 수업, 레장스 카페에서 마시는 에스프레소, 저녁 시간에 보는 영화 두 편, 신문, 낱말 맞히기. 그들은 몽유병자나 다름없었다. 자신들이 원하는 것이 무엇인지 더 이상 알지 못했다. 그들은 모든 것을 상실했다.

예전에, 이 예전이라는 것이 세월에 따라 하루하루 후퇴

하는 시간이어서 마치 그들의 이전 삶이 전설이나 비현실 혹은 모호함 속으로 파묻히는 것 같았다. 예전에 그들은 적어도 무언가를 소유하고 싶은 광기에 휩싸인 적이 있었다. 이런 강렬한 욕구가 그들의 삶을 지탱해주기도 했다. 앞쪽으로 팽팽히 당겨진 듯한 조급하고 욕망에 사로잡힌 느낌으로 살았다.

그리고? 무엇을 했나? 무슨 일이 일어났나?

무엇인가, 아주 천천히 파고드는 조용한 비극과 같은 것이 그들의 느려진 삶 한가운데 자리 잡았다. 아주 오래된 꿈의 파편 가운데, 형태 잃은 잔해 가운데에서 그들은 방향을 잃고 어찌할 바를 몰랐다.

아무것도 남지 않았다. 그들은 경주의 끝, 6년 동안 삶이 굴러온 모호한 궤도의 끝, 어느 곳으로도 인도하지 않고 아무것도 가르쳐주지 않은 우유부단한 탐색의 끝에 서 있었다.

에필로그

 이야기는 다음과 같이 계속될 수도 있었다. 그들은 평생 그곳에서 살았다. 제롬 역시 그곳에서 자리를 잡는다. 그들은 궁색하지 않을 것이다. 마침내 튀니스로 발령을 받는다. 새 친구들을 사귀고 자동차를 산다. 라 마르사나 시디부사이드, 혹은 엘 만자에 큰 정원이 딸린 멋진 빌라를 마련한다.

 하지만 그들의 운명을 벗어나는 일은 그렇게 쉽지 않을 것이다. 역시 시간이 그들을 대신해 결정을 내릴 것이다. 학교의 학기가 끝날 것이다. 초여름 더위가 감미롭게 느껴질 것이다. 제롬은 해변에서 시간을 보낼 것이다. 실비는 수업을 마치고 해변으로 그를 만나러 갈 것이다. 그들의 마지막 일상일 것이다. 휴가가 코앞에 왔음을 느낄 것이다. 그들은 파리를, 센 강변의 봄을, 꽃이 만발한 그들의 나무를, 샹젤리제, 보주 광장을 애타게 그리워할 것이다. 감상에 젖어 감미롭던 그들의 자유를, 여유롭던 아침을, 촛불 아래에서의 식사를 추억할 것이다. 친구들이 휴가 계획을 보내올 것이다. 투렌의 별장, 멋진 식사, 피크닉.

"만일 우리가 돌아간다면……." 누군가 말을 꺼낼 것이다.

"모든 게 예전으로 돌아가겠지……." 다른 한 명이 답할 것이다.

그들은 짐 가방을 꾸릴 것이다. 책과 판화, 친구들 사진을 챙기고 셀 수 없이 많은 종이를 버리고, 주변 사람들에게 가구를, 제대로 다듬어지지 않은 패널과 구멍이 숭숭 난 벽돌을 주고, 짐 가방을 부칠 것이다. 날을, 시간을, 분을 꼽을 것이다.

스팍스에서 보내는 마지막 시간을 위해 습관적이던 산책을 자못 진지한 태도로 할 것이다. 중앙 시장을 통과해 항구에 잠시 지체하면서, 햇볕에 말리는 수없이 많은 해면을 보며 역시나 혀를 내두를 것이다. 이탈리아 정육점과 올리비에 호텔, 시립 도서관 앞을 지나 부르기바가로 되돌아올 것이다. 추레한 성당을 따라 걷다가 중학교 앞으로 방향을 틀어 마지막으로 학생과장 미크리 씨에게 인사를 하고 나서 입구까지 그의 배웅을 받을 것이다. 빅토르-위고 가로 접어든 다음, 마지막으로 다시 한번 단골 레스토랑과 그리스정교회 앞을 지날 것이다. 그리고 카스바 문을 통해 아랍인 거리로 들어가 밥 제디드가와 베이가를 거쳐 밥 디완 문으로 빠져나올 것이다. 헤디사케르가의 아케이드로 접어들어 극장과 영화관 두 곳, 은행을 따라 걷다가 레장스 카페에서 마지막 커피를 마시고, 마지막 담배와 마지막 신문을 살 것이다.

잠시 후, 막 떠나려고 하는 403번 임대버스에 자리를 잡을 것이다. 그들의 트렁크는 차 지붕 위에 한참 전부터 밧줄로 묶여 있을 것이다. 그들은 돈과 배표, 기차표, 수속에 필요한 티켓을 가슴팍으로 끌어당기며 앉을 것이다.

차는 천천히 움직이기 시작할 것이다. 저녁 5시 반, 초여름의 스팍스는 그야말로 아름다운 도시일 것이다. 흠 없이 새하얀 건물들이 햇빛을 받아 반짝일 것이다. 아랍인 거리의 탑과 총안이 난 성벽은 멋진 자태를 뽐낼 것이다. 빨간색과 하얀색으로 차려입은 보이스카우트와 걸스카우트들이 박자에 발을 맞추며 그들을 지나쳐 갈 것이다. 빨간 바탕에 하얀 초승달이 그려진 대형 튀니지 국기와 초록과 빨강으로 된 대형 알제리 국기가 살랑거리는 바람에 나부낄 것이다.

새파란 바다의 한쪽 끝으로 대형 공사장이 나타날 것이다. 당나귀와 아이들, 자전거가 한데 얽혀 붐비는 거리가 끝없이 이어지고, 뒤이어 올리브밭이 눈길 닿지 않는 곳까지 펼쳐질 것이다. 그리고 도로가 나타날 것이다. 사키에테스지트, 엘 젬, 그곳의 원형극장, 강도 소굴인 므사켄, 수스와 사람들이 넘쳐나는 해안 도로, 앙피다빌의 드넓게 펼쳐진 올리브 재배지, 비르 부 레크바와 그곳의 커피, 과일, 도기, 그롬발리아와 포텡빌, 언덕 너머까지 펼쳐진 포도밭, 함맘 리프, 그리고 도로의 끝에 위치한 공업 지역의 비누 공장과 시멘트 공장. 마침내 튀니스가 나타날 것이다.

카르타고에서 오랫동안 머물며 유적들을 돌아보고, 라 마르사, 우티크, 켈리비아, 나불까지 갈 것이다. 그곳에서 도자기를 사고 굴레트에서 밤늦은 시각에 환상적인 생선 요리를 즐길 것이다.

그리고 아침 6시, 부두로 나갈 것이다. 승선 절차는 지루하고 성가실 것이다. 그들은 갑판 위에 긴 의자 놓을 자리를 가까스로 잡을 것이다.

아무 일 없이 바다를 건널 것이다. 마르세유에서 크루아상을 곁들인 카페오레를 마실 것이다. 그 전날 발행된 《르몽드》와 《리베라시옹》을 살 것이다. 기차에서 나는 바퀴 소리가 마치 승전가나 「메시아」의 「할렐루야」나 개선가에 리듬을 맞추는 것처럼 들릴 것이다. 그들은 거리를 어림해볼 것이다. 프랑스의 들판, 드넓게 펼쳐진 밀밭과 푸른 숲, 목장과 작은 골짜기를 보며 넋을 잃을 것이다.

밤 11시에 도착할 것이다. 친구들이 모두 마중 나와줄 것이다. 그들의 좋은 안색을 보며 경탄할 것이다. 마치 대단한 여행에서 돌아온 것처럼, 그은 피부에 커다란 밀짚모자를 쓰고 있을 것이다. 친구들에게 스팍스와 사막, 장엄한 유적과 만만한 물가, 온통 새파란 바다에 대한 이야기를 들려줄 것이다. 해리스 바로 몰려갈 것이다. 금방 취기에 젖을 것이다. 행복에 젖을 것이다.

마침내 돌아온 것이다. 이전보다 상황은 더 나쁠 것이다. 그들이 다시 찾은 것은 카트르파주와 아름다운 나무, 그들의 사랑스러운 아담한 아파트와 초록 커튼이 쳐진 창문, 오래된 정겨운 책들과 산더미같이 쌓인 신문, 좁은 침대와 비좁은 부엌, 그 뒤죽박죽인 상태일 것이다.

그들은 파리를 다시 보게 될 것이다. 그야말로 진정한 축제의 기분일 것이다. 센 강과 팔레루아얄의 정원, 생제르맹의 좁은 골목길을 거닐 것이다. 밤마다 불빛이 환한 길에서 마주치게 되는 진열장은 다시 한번 그들에게 경이로운 초대가 될 것이다. 진열대는 식품들로 무너질 지경일 것이다. 그들은 백화점의 혼잡한 인파 틈에 끼어들 것이다. 쌓여 있는 실크 더미 사이에 손을 넣어보기도 하고, 묵직한 향수병을 어루만지는가 하면 넥타이들을 만지작거릴 것이다.

예전처럼 살고자 할 것이다. 과거에 같이 일하던 에이전시들과 다시 관계를 맺을 것이다. 그러나 환상은 이미 깨진 상태이다. 그들은 또다시 숨 막혀 할 것이다. 궁색함과 비루함으로 폭발하기 일보 직전일 것이다.

일확천금을 꿈꿀 것이다. 두둑한 지갑이나 지폐, 굴러다니는 100프랑짜리 지폐나 지하철표를 발견하지 않을까 하는 희망에 도랑을 살피기도 할 것이다.

시골로 도피를 꿈꿀 것이다. 스곽스를 그리워할 것이다.

이런 상태로 버티지 못할 것이다.

그러던 어느 날 (이런 날이 오리라는 것을 알지 못했을까?) 남들처럼 이 지긋지긋한 일에서 영원히 손을 떼기로 한다. 소식을 들은 친구들이 일자리를 찾아봐줄 것이다. 여러 에이전시에 그들을 추천할 것이다. 희망에 부풀어 꼼꼼히 정성껏 이력서를 쓸 것이다. 행운이 (엄밀히는 행운이라고 할 수 없을 것이다) 그들 편이 될 것이다. 지속적이지 못했음에도, 그들의 업무 경력이 높게 평가될 것이다. 인터뷰를 할 것이다. 마음에 들게 대답할 것이다.

이렇게 해서 몇 년간의 방랑자적 삶 끝에, 궁핍함에 시달리며 돈을 아끼느라 지치고, 아껴야 하는 상황에 대한 불만에 시달리던 제롬과 실비는 광고계의 거물이 제안한 자리, 거금에 가까운 보수가 제공되는 두 가지 직무의 책임자 자리를 감사히 수락할 것이다.

에이전시를 관리하기 위해 보르도에 갈 것이다. 꼼꼼하게 떠날 준비를 할 것이다. 아파트를 정리하면서 페인트칠을 새로 하고, 그 밑에서 늘 숨 막힐 듯 답답해하던, 포화 상태에 이른 책 더미와 옷 보따리, 한 무더기의 그릇들을 처분할 것이다. 모든 게 불가능하다고 자신도 모르게 틈만 나면 되뇌던 방 두 개를 왔다 갔다 할 것이다. 우선 어쩔 줄 몰라 할 것이다. 새로 칠한 아파트, 단 한 조각의 먼지도, 얼룩도, 금 간 곳도, 찢긴 곳도 없이 깨끗해서 반짝반짝 빛이 날 정도로 변신한 자신들의 아파트, 그렇게나 바라던 모습, 그대로의 아파트를 처음으로 보게 될 것이다. 낮은 천장, 전원풍의 안뜰, 멋진 나무, 예전의 자신들이 그랬던 것처럼 미래의 집주인도 그 앞에서 찬탄해마지않을 것이다.

책들을 헌책방에 팔고, 옷가지를 헌 옷 장수에게 넘길 것이다. 재단사와 디자이너, 맞춤 셔츠를 찾아 나설 것이다. 짐 가방을 꾸릴 것이다.

솔직히 굉장한 돈은 아닐 것이다. 더욱이 그들이 사장으로 부임하지도 않을 것이다. 다른 백만장자들의 돈이나 주무를 뿐일 것이다. 지위에 걸맞을 정도, 실크 셔츠와 검은색 멧돼지 가죽 장갑을 누릴 정도의 부스러기 부(富)를 차지할 것이다. 그들 주변에 부유한 분위기가 흐를 것이다. 좋은 집에 훌륭한 식사, 멋진 옷을 누릴 것이다. 후회할 일은 없을 것이다.

체스터필드 소파, 이탈리아 자동차 시트처럼 부드럽고 고급스러운 천연 가죽 안락의자, 전원풍 테이블, 책 받침대, 양탄자, 비단 걸개, 밝은색 떡갈나무 책장을 장만할 것이다.

넓고 휑한 느낌의, 빛이 잘 드는 방에 널찍한 다용도실을 갖추고, 유리벽으로 된 전망이 탁 트인 집에서 살 것이다. 자기 그릇과 은식기 세트, 레이스 식탁보, 붉은색 화려한 가죽 장정본들을 갖출 것이다.

서른이 채 되지 않은 나이다. 그들 앞에 삶이 펼쳐질 것이다.

9월 초, 파리를 떠날 것이다. 일등칸 기차의 승객은 그들뿐일 것이다. 곧 기차가 속력을 내기 시작할 것이다. 기차가 기분 좋게 흔들릴 것이다.

떠날 것이다. 모든 것을 두고 떠날 것이다. 달아날 것이다. 아무것도 그들을 묶어둘 수 없을 것이다.
"기억나?" 제롬이 입을 열 것이다. 지난 시간, 암울했던 날들, 젊음, 그들이 처음 만난 때, 최초의 설문 조사, 카트르파주가 안뜰의 나무, 소식이 끊긴 친구들, 우정 어린 식사를 떠올릴 것이다. 담배를 찾아 파리를 헤매던 일, 골동품 가게 앞에서 발길을 멈추던 자신들을 추억할 것이다. 이미 아득히 멀게 느껴지는 스팍스에서의 나날들, 서서히 무력해져가던 자신들, 승리에 찬 귀환을 떠올릴 것이다.
"자, 이제 여기." 실비가 답할 것이다. 모든 것이 당연하게 느껴질 것이다.

자신들의 가벼운 옷차림을 편하게 느낄 것이다. 텅 빈 기차 안에서 편안히 쉴 것이다. 전원 풍경이 흘러갈 것이다. 수확을 앞둔 드넓은 밀밭과 고압선 철탑의 벗겨진 골조를 잠자코 바라볼 것이다. 제분소와 산뜻해 보이는 공장, 넓은 야영장, 댐, 숲 속 빈터 한가운데 아담한 외딴집을 볼 것이다. 아이들이 흰 길 위로 달리고 있을 것이다.

  여행은 오랫동안 감미롭게 이어질 것이다. 정오쯤, 여유 있는 발걸음으로 식당 칸에 갈 것이다. 창가에 머리를 맞대고 앉을 것이다. 위스키 두 잔을 시킬 것이다. 다시 한번, 공모의 미소를 서로에게 지을 것이다. 매끄러운 냅킨과 침대차 문장(紋章)이 찍힌 묵직한 식기류, 받침 접시를 댄 두꺼운 접시는 사치스러운 정찬의 서막을 알리는 것으로 보일 것이다. 하지만, 솔직히 말해 그들이 맛볼 식사는 밋밋할 것이다.

수단은 결과와 마찬가지로 진리의 일부이다. 진리의 추구는 그 자체로 진실해야 한다. 진실한 추구란 각 단계가 결과로 수렴된 수단의 진실성을 의미한다.

_카를 마르크스

작품 해설 　　　　　우리는 행복하기를 멈출 수 없다

김명숙

『사물들』, 영원한 현재형 작품

　『사물들』은 스물을 갓 넘긴 실비와 제롬이 학생 신분을 떠나 사회에 진입하기까지의 과정을 그린 소설이다. 1960년대 프랑스 사회에 대한 사회학적 보고서라고 할 수 있을 정도로 당시의 사회상을 압축적으로 묘사하는 한편, 도시적 감수성을 절제된 언어로 표현한 수작이다. 조르주 페렉은 데뷔작인 이 작품으로 1965년 출간 당시 대중적인 성공을 거둠과 동시에 그해 르노도상을 받음으로써 모두에게 스물아홉 신인 작가의 존재를 각인시킨다.

　롤랑 바르트의 수사학 강의를 듣던, 프랑스 국립 과학 연구소 연구원 페렉이 처음부터 작품의 성공을 자신했던 것은 아니다. 1964년 '대모험(La Grande Aventure)'이라는 가제의 초고를 바르트에게 보냈을 때까지만 해도 소설의 1장을 현재형으로 할지, 작품 전체를 1인칭 주인공 시점으로 고쳐야 할지 고민하고 있었다. 바르트는 페렉에게 보내는 편지에서 "작품이 매우 훌륭하다고 생각합니다. (……) 부를 꿈꾸는 상상 속에 녹여낸 빈곤함, 진정 아름답군요. 오늘날 만나기 어려운 작품입니다. (……) 무엇을 덧붙이거나 다시 손대려는지 모르지만 서둘러 끝내고 출판하십시오"라고 격려한다. 바르트의 편지에 힘을 얻은 페렉은 갈리마르 출판사로 찾아가 완성된 원고의 출간을 제안하지만 거절당한다. '대모험'은 이듬해 『사물들』로 제목을 바꿔 줄리아르 출판사를 통해 세상에 나오게 된다. 별다른 홍보나 유명 비평가들의 평론에 힘입지 않았음에도 출간한 지 두 달 만에 페렉의 작품을 읽는 것이 하나의 유행처럼 번지기 시작해 주요 문학상 후보로 거론되더니 마침내 프랑스 4대 문학상의 하나인 르노도상을 받게 된다.

그해 12월 《레 레트르 프랑세즈(Les Lettres françaises)》와의 인터뷰에서 이렇게 말한다.

"오늘날 물질과 행복은 불가분의 관계에 있습니다. 현대 문명의 풍요로움이 어떤 정형화된 행복을 가져다주었지요. 현대사회에서는 행복해지기 위해 전적으로 '모던'해져야 합니다. (……) 실비와 제롬이 행복하고자 하는 순간, 자신들도 모르게 벗어날 수 없는 사슬에 걸려든 겁니다. 행복은 계속해서 쌓아 올려야 할 무엇이 되고 만 것이지요. 우리는 중간에 행복하기를 멈출 수 없게 되고 말았습니다."

이 작품은 표면상 사물들에 초점을 맞춘 듯하지만 행복에 대한 긴 담론이라고 할 수 있다. 당시 프랑스는 오를리 공항의 개장(1961년)과 더불어 소비자를 유혹하는 각종 신기술의 전자제품들이 광고에 등장하기 시작한 시점으로 현대 소비사회로의 빠른 진입을 보이는 시기였다. 사회적인 풍요로움 가운데 그랑 부르주아가 누리던 사치와 호사를 보통 사람들이 꿈꿀 수 있게 되자, 마치 손에 넣을 수 있을 것처럼 가까이 있기만 한 사물들에 대한 갈증 또한 지독한 시기였다. 이 같은 배경에서 탄생했다고 해서 이 작품을 소비사회에 대한 비판으로만 해석한다면 페렉을 제대로 이해하지 못한 것이다. 페렉 또한 자신의 작품을 자본주의 사회에 대한 비판이라든가 좌파 성향의 글쓰기로 단정 짓는 흐름에 강하게 반발했다.

그렇다면 이 작품을 어떻게 읽어야 할까? 예민한 독자라면 이미 첫 장에서 '빌드몽트로호'가 등장하는 순간 플로베르의 『감정 교육』을 떠올렸을 것이다. 작품 곳곳에 숨어 있는 플로베르의 대목들을 알아채지 못했다 하더라도 프레데릭의 우울과 패배 의식, 슬픔이 페렉의 인물에 스며 있는 것을 느낄 수 있을 것이다. 고전의 전통을 이으면서도 지극히 현대적이며, 로브그리예식의 누보로망을 떠올리게 하면서도 소설적 재미를 잃지 않는 감각적인 글쓰기는 오로지 페렉에게서만 찾을 수 있을 것이다.

페렉이 앙리 르페브르의 영향을 받은 사회학도였다는 사실은 『사물들』에 '사회학적 소설'이라는 꼬리표를 달아 주기도 하지만, 작가 자신의 주장처럼 그는 사회 비판적, 분석적인 작가라기보다 사회의 하부 구조, 일상을 기술한 한 세대의 서기라는 표현이 옳을 것이다. 그는 사회학 이론을 적용하기 위해 글을 쓰지도 않았고 분석의 틀을 내세우지도 않았다. 다만, 사회와 문학의 유리될 수 없는 관계에 주목했던 작가였다. 사회학이 생산하는 담론이 기계적이고 분석적이라면 『사물들』에서 알 수 있듯이 그의 사회에 대한 관찰자적 시각은 소설의 틀로서 자연스레 등장해 소설의 진행과 더불어 이야기의 중심에 놓이게 된다.

실비와 제롬은 모두를 대신해 꿈꾸고 좌절한다. 다른 곳을 찾아 무작정 떠났다가 다시 원래의 자리로 돌아오는 그들의 위험한 모험은 당시의 갖지 못한 자들이 넘보던 무모함이었다. 소설의 1장을 가득 채운 조건법이 허용한 모든 종류의 소소한 욕망은 2장부터 이어지는 직설법의 단단함 앞에 여지없이 허물어지고 만다. 주인공의 내면세계를 전혀 드러내지 않는 가운데 대화마저 배제한 묘사는 자칫 지루하지 않을까 하는 기우를 갖게 하지만 꼭 알맞은 거리에서 가장 적확한 단어로 채워나간 장들은 치고 나가는 힘이 세서 독자들의 시선을 고정시킨다. 헐거운 듯 치밀한 이야기의 플롯을 좇다 보면 이 소설은 결국 페렉이 자신에게 그리고 시대와 공간을 초월하여 모든 욕망하는 인간에게 던지는 긴 물음이라는 것을 알 수 있다. "우리는 행복하기를 멈출 수 없지 않은가?"

작가 조르주 페렉

페렉의 성공적인 데뷔 이후 독자들은 제2의 『사물들』을 기대하고 있었다. 기대와 달리 페렉은 연이어 발표한 『마당 구석의 크롬 핸들이 달린 어떤 작은 자전거를 말하는 건가?(Quel petit vélo à guidon chromé au fond de la cour?)』(1966)와 『잠자는 남자(Un homme qui dort)』(1967)를 통해 『사물들』과 전혀 다른 성격의 작품을 선보인다. 이유는 그가 일찍이 밝힌 것처럼 "작가로서의 내 욕심은 이 시대 가능한 모든 문학 장르를 두루 써보는 것이고 두 번 다시 같은 방식으로 작품을 쓰지 않는 것입니다"라는 글쓰기의 원칙에서 찾을 수 있다.

페렉의 세계를 제대로 이해하기 위해서는 클로드 뷔르즐랭의 분석처럼 '실존적인 축과 형태론적인 축의 지속적인 결합과 공존'에 주목해야 한다. '실존적인 축'은 작가의 자전적인 사실과 밀접한 관련이 있다. 페렉은 1936년 파리에서 폴란드계 유대인 부모 사이에서 태어났다. 제2차 세계대전의 발발과 함께 자원병으로 입대한 아버지는 페렉이 네 살 때 사망하고, 어머니마저 페렉이 여섯 살이던 1942년 파리에서 벌어진 대대적인 유대인 색출로 집단수용소로 끌려간 이후 아우슈비츠에서 사망한다. 이와 같은 개인사는 자서전적 글쓰기의 대표작인 『W 또는 유년의 기억(W ou le souvenir d'enfance)』(1975)을 비롯해서 『실종(La Disparition)』(1969), 『엘리스 섬 이야기(Récits d'Ellis Island)』

(1980)에 이르기까지 작품 세계 전반을 아우르는 키워드로 작용한다.

한편, '형태론적인 축'은 페렉의 울리포 활동을 빼놓고 생각할 수 없다. 울리포란 '잠재 문학 공동 작업실(Ouvroir de Littérature Potentielle)'을 일컫는 말로 "새로운 구성과 형식의 추구를 잠재 문학이라 부르고, 작가가 원하는 바에 따라 이를 고안, 사용할 수 있다"라는 그룹 헌장의 정신으로 활동한 1960년대 문학 그룹이다. 레몽 크노와 프랑수아 르 리요네를 중심으로 이탈로 칼비노, 해리 매튜 등이 합세한 가운데 페렉은 1967년 3월 울리포에 가입한다. "빠져나갈 작정인 미로를 만들어야만 하는 쥐들"이라고 자신들 스스로를 정의한 울리포 회원들은 당시 문학계 전반을 지배하던 초현실주의 창작 방식, 즉 작가에게 창작의 자유를 최대한 보장함으로써 창의적이고 독창적인 작품을 기대할 수 있다는 생각에 반대하여 작가에게 엄격한 규칙을 부과할수록 더 큰 창작 효과를 낳을 수 있다는 주장을 펴면서 동시에 그들의 신념을 구체적인 작품을 통해 입증해 보이고자 했다.

이들의 정의대로라면 페렉은 가장 재기 발랄하고 영리한 '쥐'라고 할 수 있다. "저는 저 자신을 진정한 울리포의 산물로 여깁니다"라는 작가의 고백에서도 알 수 있듯이 그의 작품 활동은 울리포와 불가분의 관계이다. 자신이 작품마다 내건 글쓰기의 규칙을 엄격히 준수하며 글쓰기의 유희를 즐기는 창작 방식은 앞서 언급한 『실종』과 『귀환자들』, 『인생 사용법(La Vie mode d'emploi)』에 이르기까지 정교하게 이어진다. 『실종』의 경우, 외형상 주인공의 실종 사건을 좇는 친구들의 이야기이지만 가장 큰 실종은 철자 'e'에 있다. 모음 'e'가 프랑스어에서 차지하는 비중을 생각해볼 때, 300페이지가 넘는 그의 작품이 출간되었을 당시 독자들은 철자 'e'의 부재를 눈치채지 못했다고 하니 페렉의 뛰어난 어휘력과 더불어 이야기 솜씨에 탄복하지 않을 수 없다. 1978년 10년여의 작업 끝에 내놓은 『인생 사용법』은 600페이지가 넘는 방대한 분량 안에 구현한 다양한 글쓰기와 내용의 총체성을 인정받아 그해 메디치상을 받았다.

네 가지 밭에 각각 다른 작물을 재배하는 농부의 작업에 빗대어 자신의 작품 활동을 설명한 페렉은 사회학적 글쓰기(『사물들』), 로마네스크적 글쓰기(『인생 사용법』), 유희적 글쓰기(『실종』), 자서전적 글쓰기(『W 또는 유년의 기억』)라는 자신만의 밭을 누구보다 열정적으로 부지런히 가꾼 작가였다. 처음의 독자들은 그가 『사물들』의 작가로 남기를 원했지만 안정적인 수확이 기대되는 밭을 떠나 더 다양하고 실험적인 노동에 힘을 기울여 일궈놓은 풍요로운 토양은 동시대 작가들은 물론이고 후대 작가들에게 훌륭한 문학적 영감의 원천이 되고 있다.

페렉을 읽는 또 다른 매력은 사소한 일상에 의미를 부여한 글쓰기에서 찾을 수 있다. "제가 말하는 일상성의 사회학은 우리 곁에 있고, 너무 익숙해진 채 늘 있어서 그에 대한 담론이 존재하지 않는 것에 대해 기술하는 작업입니다. 저변에 있는 것, 일상의 하부, 우리 일상의 매 순간 들려오는 배경음을 포착하려는 것입니다"라는 페렉의 설명에서 알 수 있듯이 그는 모든 사라져가는 것들에 애착을 갖고 이를 끊임없이 기록하고자 했다. 『공간의 종류들(Espèces d'espaces)』(1974)과 『나는 기억한다(Je me souviens)』(1978)는 이를 대표하는 작품으로 망각에 대항하는 적극적인 활동으로서의 글쓰기를 보여준다. 『나는 기억한다』를 통해 독자들에게 480개의 마들렌을 맛보게 함으로써 프루스트적인 작가가 되고자 했지만, 프루스트처럼 비자발적인 기억에 의존한 것이 아니라 스스로 기억을 찾아 나서고 복원하려 애쓰며 현재를 잊지 않기 위해 기록했다. 『W 또는 유년의 기억』에서 "나는 유년의 기억이 없다"라는 문장으로 자서전 부분의 처음을 시작한 작가에게 '기억'이란 놓쳐서는 안 될 절실한 그 무엇이었다.

  마흔여섯이라는 짧은 삶을 마감하기까지 지칠 줄 모르는 발걸음으로 파리 구석구석을 돌아다니며 호기심 어린 눈길로 모든 사라져가는 것들을 기록하고자 한 한 세대의 서기로서의 페렉을 기억하는 것은 이제 독자의 몫일 것이다.

옮긴이의 말　　　　　　　　　　조르주 페렉과의 만남

　조르주 페렉 협회(L'Association Georges Perec)는 페렉이 아르스날 도서관에서 잠깐 일했던 인연으로 그 한편을 얻어 쓰고 있다. 매주 목요일마다 일반인들에게 페렉 관련 자료들을 공개하는 한편 협회 회원들에게 페렉 관련 소식지를 발송하는 업무를 담당한다. 자료 조사를 위해 아르스날을 처음 찾은 날은 음산한 겨울비가 흩날리고 있었다. 수녀원 기숙사에서 파리의 외로움에 한참 젖어 있던 나는 페렉의 친필 편지와 엽서, 습작 메모들에 나타난 작가의 지극히 현실적인 고민들에 쉽게 공감할 수 있었다. 덕분에 작가에게 드리워진 아우라를 대신해 반짝이는 호기심의 소유자, 세상의 사라져가는 사소한 것들에 지극히 애정 어린 눈길을 보낸 열정적 인간으로서의 조르주 페렉을 발견할 수 있

었다. 이후 정기적으로 열리는 세미나에 참석하면서 울리포 회원이었던 동료들이나 실제 실비의 모델이기도 한 페렉의 부인 폴레트를 만나 그들이 증언하는 작품 속 일화라든가 소설 속 모티프를 듣는 일은 꽤 흥미로운 경험이었다. 작가를 기리기 위해 1982년 발견된 2817호 작은 행성에 '페렉'이라는 이름이 붙여졌다는 사실과 더불어 1994년 파리 20구의 거리에 '조르주 페렉가'가 생겼다는 소식은 생전 그의 활동에 꼭 걸맞은 오마주가 아닐까 싶다.

안타까운 점은 그가 미완으로 남긴 계획들이다. 그 가운데 『장소들(Lieux)』은 파리의 열두 곳을 정해 한 달에 두 곳씩 1969년부터 12년간에 걸쳐 장소와 기억의 글쓰기를 시도한 야심 찬 계획이었다. 이중의 글쓰기를 목표로 처음에는 순전히 관찰자로서 장소 자체에 관한 묘사를 하고 두 번째는 장소를 매개로 한 추억을 그리는 것을 계획했다. 글을 쓰고 난 뒤 각각의 글은 봉투에 봉해 페렉 자신도 다시 읽지 못하도록 한 다음 12년 후 개봉할 예정이었다. 우리가 늘 접하는 일상의 장소에 관한 인류학적, 사회학적 기술과 더불어 그와 완전한 평행선을 그리며 써 내려간 추억, 이와 같은 글쓰기는 그가 시도한 새로운 자서전이라고 할 수 있다. 이 작품에서 화자는 장소와 관련된 추억의 사람들을 불러오고 그들을 통해 자신의 잃어버린 기억을 소생시키는 한편 현재의 시간은 밖으로 보이는 외부 묘사에만 한정함으로써 자신까지를 포함하는 미래의 독자들을 위해 현재의 자료들을 최대한 객관적으로 보존하고자 했다. 하지만 6년 만에 이 계획은 작가의 손을 떠나고 말았다. 시간과 함께 "나이 들어가는 장소"의 모습을 볼 수 없게 된 일은 안타까움을 넘어서 문학적인 손실이라는 생각이 든다.

번역이란 연애편지를 읽어주는 일과 같은 일이 아닐까 생각한다. 중간에 불청객처럼 끼어 당사자들의 내밀한 속살거림을 전해주는 일처럼 불편하면서 눈치 보이는 일도 없을 것이다. 작가와 독자 사이에서 역자의 목소리를 감추고 서로를 곡해하는 일이 없도록 최대한 노력을 기울였다.

대학 1학년, 조건법 시제도 제대로 모르던 나에게 조르주 페렉이란 작가를 알려주신 불레스텍스 선생님을 잊을 수 없다. 선생님을 통해 열정도 전염될 수 있다는 사실을 알았다. 문학과 삶에 대한 열정, 그 치열함이 새삼 그리워지는 요즘이다. 너무 이른 나이에 우리 곁을 떠나셨지만, 찬란히 빛나는 별이 되어 우리를 밝혀주고 계실 불레스텍스 선생님께 감사의 마음을 전한다.

사물들

초판 1쇄 발행 2024년 9월 30일

지은이 조르주 페렉
옮긴이 김명숙

발행인 이봉주 **단행본사업본부장** 신동해
책임편집 김경림 **교정** 김정현
디자인 [★]규 **마케팅** 최혜진 이인국
국제업무 김은정 김지민 **제작** 정석훈

브랜드 웅진지식하우스 **주소** 경기도 파주시 회동길 20
문의전화 031-956-7429(편집) 031-956-7089(마케팅)
홈페이지 www.wjbooks.co.kr
인스타그램 www.instagram.com/woongjin_readers
페이스북 www.facebook.com/woongjinreaders
블로그 blog.naver.com/wj_booking

발행처 ㈜웅진씽크빅
출판신고 1980년 3월 29일 제406-2007-000046호

한국어판 출판권 ⓒ㈜웅진씽크빅, 2024
ISBN 978-89-01-28845-1 (03860)

- 웅진지식하우스는 ㈜웅진씽크빅 단행본사업본부의 브랜드입니다.
- 이 책 내용의 전부 또는 일부를 이용하려면 반드시 저작권자와 ㈜웅진씽크빅의 서면 동의를 받아야 합니다.
- 책값은 뒤표지에 있습니다.
- 잘못된 책은 구입하신 곳에서 바꾸어 드립니다.